Biss zum ersten Sonnenstrahl

Stephenie Meyer

Biss zum ersten Sonnenstrahl

Das kurze zweite Leben der Bree Tanner

ROMAN

Aus dem Englischen von
Katharina Diestelmeier

Weltbild

Die englische Originalausgabe erschien 2010 unter dem Titel
The Short Second Life of Bree Tanner: An Eclipse Novella
bei Little, Brown and Company, New York, N. Y.

Besuchen Sie uns im Internet:
www.weltbild.de

Genehmigte Lizenzausgabe für Verlagsgruppe Weltbild GmbH,
Steinerne Furt, 86167 Augsburg

Übersetzung: Katharina Diestelmeier
Umschlaggestaltung: Hanna Hörl Designbüro, München
unter Verwendung eines Motivs von © istockphoto, Klubovy
Gesamtherstellung: GGP Media GmbH, Pößneck
Printed in the EU
ISBN 978-3-86800-812-8

2014 2013 2012 2011
Die letzte Jahreszahl gibt die aktuelle Lizenzausgabe an.

Für Asya Muchnick und Meghan Hibbett

Einleitung

Alle Schriftstellerinnen und Schriftsteller haben ihre eigene Herangehensweise an einen Text. Wir werden alle auf unterschiedliche Art und Weise inspiriert und motiviert; bei jedem sind es andere Gründe, die dazu führen, dass bestimmte Figuren bleiben, während andere in einer Unzahl nicht weiter beachteter Dateien verschwinden. Ich persönlich habe bisher noch nicht herausgefunden, warum einige meiner Figuren ein so starkes Eigenleben entwickeln, aber ich bin jedes Mal froh darüber. Über diese Figuren zu schreiben, fällt mir am leichtesten, und daher sind es normalerweise ihre Geschichten, die ich zu Ende bringe.

Bree ist so eine Figur und sie ist der Hauptgrund, warum ihr diese Geschichte jetzt in den Händen haltet und sie nicht im Gewirr der verschollenen Ordner in meinem Computer begraben liegt. (Die beiden anderen Gründe heißen Diego und Fred.) Ich fing an, über Bree nachzudenken, als ich dabei war, *Biss zum Abendrot* zu überarbeiten. Zu überarbeiten, nicht zu schreiben – beim Schreiben von *Biss zum Abendrot* hatte ich meine Ich-Erzählungs-Scheuklappen aufgesetzt; alles, was Bella nicht sehen, hören, fühlen, schmecken oder anfassen konnte, war unerheblich. Diese Geschichte beruht ausschließlich auf ihrer Erfahrung.

Der nächste Schritt war der, sich von Bella zu lösen und zu sehen, wie die Geschichte funktionierte. Meine Lektorin

Rebecca Davis hatte großen Anteil daran und sie stellte mir eine Menge Fragen über die Dinge, die Bella nicht wissen konnte, und darüber, wie wir die wichtigen Stellen *jener* Geschichte verdeutlichen könnten. Da Bree die einzige Neugeborene ist, die Bella zu sehen bekommt, war es ihre Perspektive, die ich einnahm, als ich überlegte, was hinter den Kulissen vor sich ging. Ich begann darüber nachzudenken, wie das Leben mit den Neugeborenen im Keller ablief und wie es war, auf klassische Vampirart zu jagen. Ich stellte mir die Welt so vor, wie Bree sie erlebte. Das war einfach. Bree war von Anfang an eine sehr deutliche Figur und auch einige ihrer Freunde erwachten mühelos zum Leben. Normalerweise versuche ich kurze Zusammenfassungen der Dinge zu schreiben, die an anderen Stellen der Geschichte passieren, und bringe schließlich Dialoge zu Papier. In diesem Fall aber stellte ich fest, dass ich statt einer Zusammenfassung einen Tag in Brees Leben beschrieb.

Als ich Brees Geschichte verfasste, schlüpfte ich zum ersten Mal in die Rolle einer Erzählerin, die ein »echter« Vampir war – eine Jägerin, ein Monster. Ich betrachtete uns Menschen durch ihre roten Augen; und plötzlich waren wir erbärmlich und schwach, leichte Beute, der keine größere Bedeutung zukam als die einer leckeren Mahlzeit. Ich spürte, wie es sich anfühlte, allein unter Feinden zu sein, immer auf der Hut, und nichts sicher zu wissen, außer dass das eigene Leben ständig in Gefahr ist. Ich musste in eine völlig andere Vampirwelt eintauchen: die Welt der Neugeborenen. Deren

Leben hatte ich bisher noch nicht erkundet – selbst dann nicht, als Bella schließlich ein Vampir wurde. Bella war nie so eine Neugeborene wie Bree. Es war aufregend und düster und schließlich tragisch. Je näher ich dem unausweichlichen Ende kam, desto stärker wünschte ich mir, ich hätte *Biss zum Abendrot* ein wenig anders enden lassen.

Ich bin gespannt, was ihr von Bree haltet. Sie ist so eine kleine, scheinbar belanglose Figur in *Biss zum Abendrot*. Aus Bellas Perspektive lebt sie gerade mal fünf Minuten. Und doch ist ihre Geschichte für das Verständnis des Romans ungemein wichtig. Als ihr die Szene in *Biss zum Abendrot* gelesen habt, in der Bella Bree anstarrt und darüber nachdenkt, ob so wohl ihre Zukunft aussieht, habt ihr da überlegt, was Bree so weit gebracht hat? Als Bree zurückstarrt, habt ihr euch da gefragt, wie Bella und die Cullens in ihren Augen aussehen? Wahrscheinlich nicht. Aber selbst wenn, könnte ich wetten, dass ihr nicht hinter ihre Geheimnisse gekommen seid.

Ich hoffe, dass ihr Bree genauso ins Herz schließen werdet wie ich, auch wenn das in gewisser Weise ein grausamer Wunsch ist. Denn ihr wisst bereits, dass die Geschichte nicht gut für sie endet. Aber wenigstens werdet ihr jetzt die ganze Wahrheit erfahren. Und feststellen, dass keine Perspektive je belanglos ist.

Viel Spaß dabei, *Stephenie*

Die Schlagzeile sprang mir sofort ins Auge: SEATTLE UNTER BELAGERUNG – ZAHL DER TODESOPFER STEIGT WEITER. Die war mir bisher noch nicht begegnet. Ein Zeitungsjunge musste den kleinen metallenen Automaten gerade neu bestückt haben. Er hatte Glück, dass er jetzt nicht mehr in der Nähe war.

Großartig. Riley würde fuchsteufelswild werden. Ich würde dafür sorgen, nicht in seiner Reichweite zu sein, wenn er diese Zeitung zu Gesicht bekam. Sollte er doch jemand anderem den Arm abreißen.

Ich stand im Schatten, verborgen hinter der Ecke eines heruntergekommenen dreistöckigen Gebäudes, und versuchte nicht aufzufallen, während ich darauf wartete, dass jemand eine Entscheidung traf. Um niemandem in die Augen zu sehen, starrte ich die Wand neben mir an. Das Erdgeschoss des Gebäudes hatte früher einmal einen inzwischen längst geschlossenen Plattenladen beherbergt; die Fenster, deren Scheiben dem Wetter oder randalierenden Straßengangs zum Opfer gefallen waren, waren mit Sperrholz vernagelt. Darüber befanden sich Wohnungen – die vermutlich leer standen, denn es fehlten die üblichen menschlichen Schlafgeräusche. Das überraschte mich nicht – das Haus sah aus, als würde es bereits beim ersten heftigen Windstoß zusammenbrechen. Die Gebäude auf der gegenüberliegenden Seite der dunklen, schmalen Straße waren genauso baufällig.

Der gewöhnliche Schauplatz für eine Nacht in der Stadt also.

Ich wollte mich nicht laut bemerkbar machen, aber ich wünschte, irgendjemand würde endlich eine Entscheidung treffen. Ich hatte großen Durst und es war mir ziemlich egal, ob wir den Weg rechts oder links über das Dach nahmen. Ich wollte einfach ein paar Pechvögel finden, die noch nicht mal genug Zeit haben würden, zu denken: *Zur falschen Zeit am falschen Ort.*

Leider hatte mich Riley heute mit zwei der denkbar unfähigsten Vampire losgeschickt. Riley schien sich nie groß darum zu kümmern, wie er die Jagdgruppen zusammenstellte. Und es scherte ihn auch nicht besonders, dass weniger von uns zurückkamen, wenn er die Falschen zusammen losschickte. Heute hatte ich Kevin erwischt und einen blonden Jungen, dessen Namen ich nicht mal kannte. Sie gehörten beide zu Raouls Gruppe, daher verstand es sich von selbst, dass sie bescheuert waren. Und gefährlich. Aber jetzt im Moment vor allem bescheuert.

Anstatt sich zu entscheiden, wo unsere Jagd stattfinden sollte, verstrickten sie sich plötzlich in eine Diskussion darüber, wessen Lieblingsheld den besseren Jäger abgeben würde. Der namenlose Blonde war für Spider-Man. Er sauste die Backsteinwand des Durchgangs, in dem wir standen, hinauf und summte dazu die Titelmelodie der Zeichentrickserie. Ich seufzte frustriert. Würden wir je auf die Jagd gehen?

Eine kaum wahrnehmbare Bewegung links von mir erregte meine Aufmerksamkeit. Es war der Vierte, den Riley mit unserer Jagdgruppe losgeschickt hatte, Diego. Ich wusste nicht viel über ihn, nur dass er älter war als die meisten anderen. Es hieß, er sei Rileys rechte Hand. Das machte ihn in meinen Augen auch nicht sympathischer als die anderen Schwachköpfe.

Diego blickte mich an. Er musste meinen Seufzer gehört haben. Ich sah weg.

Kopf einziehen und Mund halten – so blieb man in Rileys Bande am Leben.

»Spider-Man ist ein jämmerlicher Loser«, rief Kevin dem blonden Jungen zu. »Ich zeig dir, wie ein echter Superheld jagt.« Er grinste breit. Seine Zähne leuchteten im Schein einer Straßenlaterne.

Kevin sprang mitten auf die Straße, gerade als ein Auto um die Ecke bog, dessen Scheinwerfer den rissigen Asphalt in blau-weißem Schimmer erstrahlen ließen. Er ruckte einmal mit angewinkelten Armen nach hinten und brachte sie dann langsam vor seinem Körper zusammen wie ein Wrestler, der sich in Szene setzt. Das Auto kam näher, wahrscheinlich rechnete der Fahrer damit, dass Kevin schließlich aus dem Weg gehen würde, wie es ein normaler Mensch getan hätte. Wie er es eigentlich auch tun sollte.

»Hulk wütend!«, brüllte Kevin. »Hulk … zerstören!«

Er sprang auf das Auto zu, bevor es bremsen konnte,

packte es an der vorderen Stoßstange und drehte es um, so dass es mit einem Kreischen aus sich verbiegendem Metall und zersplitterndem Glas kopfüber auf dem Asphalt landete. Im Inneren schrie eine Frau.

»O Mann«, sagte Diego kopfschüttelnd. Er sah gut aus mit seinen dunklen, dichten Locken, den großen strahlenden Augen und vollen Lippen, aber wer von uns sah nicht gut aus? Sogar Kevin und die anderen von Raouls Idioten sahen gut aus. »Kevin, wir sollen uns unauffällig verhalten. Riley hat gesagt …«

»Riley hat gesagt!«, ahmte Kevin ihn mit hoher schriller Stimme nach. »Leg dir mal ein bisschen mehr Rückgrat zu, Diego. Riley ist nicht hier.«

Kevin sprang über den Honda, der auf dem Dach lag, und zerschlug das Fenster auf der Fahrerseite, das bis dahin aus unerfindlichen Gründen heil geblieben war. Er angelte durch die zerbrochene Scheibe hindurch und am Airbag vorbei, der schon wieder die Luft verlor, nach der Fahrerin.

Ich drehte ihm den Rücken zu, hielt den Atem an und tat mein Bestes, um einen klaren Kopf zu behalten.

Ich ertrug es nicht, Kevin beim Trinken zuzusehen. Dazu war ich selbst zu durstig, aber ich wollte auch keinen Streit mit ihm anfangen. Ich konnte nun wirklich darauf verzichten, auf Raouls Abschussliste zu geraten.

Diese Probleme hatte der blonde Junge nicht. Er stieß sich von den Backsteinen über unseren Köpfen ab und landete geschmeidig hinter mir. Ich hörte, wie er und Kevin sich anknurrten und dann ein nasses, sattes Reißen, als die Schreie der Frau abbrachen. Wahrscheinlich hatten sie sie in zwei Hälften gerissen.

Ich versuchte nicht darüber nachzudenken. Aber ich nahm die Hitze und das Tropfen von Blut hinter mir wahr und meine Kehle begann fürchterlich zu brennen, obwohl ich gar nicht atmete.

»Ich verschwinde«, hörte ich Diego murmeln.

Er duckte sich in eine Lücke zwischen den dunklen Häusern und ich heftete mich an seine Fersen. Wenn ich nicht schnell hier wegkam, würde ich mich mit Raouls Schwachköpfen um einen Körper streiten, durch den inzwischen sowieso nicht mehr viel Blut fließen konnte. Und dann wäre *ich* vielleicht diejenige, die heute nicht zurückkam.

Ah, wie meine Kehle *brannte*! Ich biss die Zähne zusammen, um nicht vor Schmerzen laut zu schreien.

Diego flitzte durch eine schmale Sackgasse voller Müll und huschte dann – als er das Ende erreichte – die Wand hinauf. Ich krallte die Finger in die Ritzen zwischen den Backsteinen und zog mich hinter ihm hoch.

Auf dem Dach rannte Diego los, er sprang leichtfüßig über die anderen Dächer hinweg auf die Lichter zu, die sich im Sund spiegelten. Ich blieb dicht hinter ihm. Ich war jünger als er und daher stärker – es war gut, dass wir Jüngeren die Stärksten waren, sonst hätten wir nicht mal eine Woche in Rileys Haus überlebt. Ich hätte ihn leicht überholen können, aber ich wollte sehen, wo er hinrannte, und ich wollte ihn nicht *hinter* mir haben.

Diego hielt lange Zeit nicht an; wir hatten schon beinahe den Industriehafen erreicht. Ich konnte hören, wie er leise vor sich hin murmelte.

»Idioten! Als hätte Riley nicht gute Gründe für die Anweisungen, die er uns gibt. Selbstschutz, zum Beispiel. Ist ein Hauch gesunder Menschenverstand wirklich zu viel verlangt?«

»Hey«, rief ich. »Gehen wir irgendwann heute noch mal auf die Jagd? Meine Kehle steht schon in Flammen.«

Diego landete am Rand eines großen Fabrikdachs und wirbelte herum. Ich sprang ein paar Meter zurück, ich war auf der Hut, aber er wirkte nicht aggressiv und kam auch nicht auf mich zu.

»Ja, klar«, sagte er. »Ich wollte nur einen gewissen Abstand zwischen mich und diese Geistesgestörten bringen.«

Er lächelte ganz freundlich und ich starrte ihn an.

Dieser Diego war nicht wie die anderen. Er war irgendwie … *ruhig*. Ich glaube, das wäre das richtige Wort. Normal. Na ja, jetzt nicht mehr normal, aber früher einmal. Seine Augen waren von einem dunkleren Rot als meine. Er musste schon eine ganze Weile hier sein, genau, wie ich gehört hatte.

Von der Straße drangen die nächtlichen Geräusche eines der verwahrlosteren Viertel von Seattle zu uns herauf. Ein paar Autos, Musik mit dröhnenden Bässen, einige wenige Leute, die mit nervösen, schnellen Schritten unterwegs waren, ein Betrunkener, der in der Ferne falsch sang.

»Du bist Bree, stimmt's?«, fragte Diego. »Eine von den Neulingen.«

Das gefiel mir nicht. *Neulinge*. Egal. »Ja, ich bin Bree. Aber ich bin nicht mit der letzten Gruppe gekommen. Ich bin schon fast drei Monate alt.«

»Ganz schön cool, wenn man bedenkt, wie jung du bist«, sagte er. »Nicht viele hätten es geschafft, einfach so von der Unfallstelle zu verschwinden.« Er sagte das wie ein Kompliment, so, als wäre er ernsthaft beeindruckt.

»Wollte nicht mit Raouls Deppen aneinandergeraten.«

Er nickte. »Du sagst es. Diese Typen sorgen nur für Negativschlagzeilen.«

Schräg. Diego war schräg. Es klang, als führte er ein ganz normales altmodisches Gespräch mit mir. Ohne Feindseligkeit, ohne Misstrauen. Als würde er nicht darüber nachdenken, wie leicht oder wie schwer es wäre, mich *jetzt sofort* umzubringen. Er redete einfach nur mit mir.

»Wie lange bist du schon bei Riley?«, fragte ich neugierig.

»Seit elf Monaten jetzt.«

»Wow! Dann bist du ja älter als Raoul.«

Diego verdrehte die Augen und spuckte Gift über die Kante des Gebäudes. »Ja, ich kann mich noch erinnern, als Riley dieses Gesocks mitgebracht hat. Seitdem ist alles immer schlimmer geworden.«

Ich schwieg einen Moment und überlegte, ob er alle, die jünger waren als er, für Gesocks hielt. Nicht, dass es mir etwas ausgemacht hätte. Was irgendjemand über mich dachte, machte mir schon lange nichts mehr aus. Es war nicht mehr nötig. In Rileys Worten war ich jetzt eine Göttin. Stärker, schneller, *besser*. Kein anderer zählte.

Dann stieß Diego einen leisen Pfiff aus.

»Na also. Es braucht nur ein bisschen Hirn und Geduld.« Er zeigte nach unten über die Straße.

Halb versteckt in einem nachtschwarzen Durchgang beschimpfte ein Mann eine Frau und ohrfeigte sie, während eine andere Frau schweigend zusah. Von ihren Kleidern her zu schließen, waren es ein Zuhälter und zwei seiner Mädchen.

Das war es, was Riley uns gesagt hatte. Dass wir Jagd auf den »Abschaum« machen sollten. Die Menschen nehmen, nach denen niemand suchen würde, diejenigen, die nicht auf dem Weg nach Hause zu einer wartenden Familie waren, diejenigen, die man nicht als vermisst melden würde.

Genau so hatte er uns auch ausgewählt. Mahlzeiten und Götter, beide hatten zum Abschaum gehört.

Im Unterschied zu manchen anderen tat ich immer noch, was Riley uns sagte. Nicht, weil ich ihn mochte. Dieses Gefühl war schon lange verschwunden. Sondern weil das, was er uns sagte, so klang, als wäre es richtig. Was für einen Sinn hatte es, Aufmerksamkeit auf die Tatsache zu lenken, dass ein Haufen neugeborener Vampire Seattle als seine Jagdgründe beanspruchte? Wie sollte uns das helfen?

Ich hatte überhaupt nicht an Vampire geglaubt, bevor ich selbst einer geworden war. Wenn auch der Rest der Welt nicht wusste, dass es Vampire gab, hieß das, dass alle anderen Vampire auf intelligente Art jagten, so wie Riley es uns eingeschärft hatte. Dafür gab es wahrscheinlich einen guten Grund.

Und genau, wie Diego sagte, brauchte es nur ein bisschen Hirn und Geduld, um auf intelligente Art zu jagen.

Natürlich machten wir alle trotzdem genug Fehler und dann las Riley davon in der Zeitung und stöhnte und schrie uns an und zertrümmerte Sachen – wie zum Beispiel Raouls geliebte Videospielkonsole. Davon wurde Raoul so wütend, dass er irgendjemand anderen in Stücke riss und verbrannte. Das wiederum machte Riley noch viel wütender und er veranstaltete mal wieder eine Suchaktion, um alle Feuerzeuge und Streichhölzer zu beschlagnahmen. Nach ein paar solcher Runden schleppte Riley noch mehr in Vampire verwandelten Abschaum an, um die zu ersetzen, die draufgegangen waren. Es war ein endloser Kreislauf.

Diego sog die Luft durch die Nase – ein tiefer, langer Zug – und ich beobachtete, wie sein Körper sich veränderte. Er kauerte sich auf das Dach, mit einer Hand an der Kante. Seine ganze seltsame Freundlichkeit verschwand und er wurde zum Jäger.

Das war etwas, das ich kannte, etwas, womit ich mich wohlfühlte, weil ich es verstand.

Ich schaltete mein Gehirn ab. Wir waren zum Jagen hier. Ich holte tief Luft und atmete den Geruch der drei da unten ein. Es waren nicht die einzigen Menschen in der Gegend, aber die, die uns am nächsten waren. *Wen* man jagen wollte, musste man entscheiden, *bevor* man seine Beute roch. Jetzt war es zu spät, um noch irgendetwas zu ändern.

Diego ließ sich von der Dachkante fallen und verschwand aus meinem Blickfeld. Das Geräusch seiner Landung war zu leise, um die Aufmerksamkeit der drei Menschen im Durchgang zu erregen.

Ein leises Knurren drang zwischen meinen Zähnen hervor. Meins. Das Blut war *meins*. Das Feuer in meiner Kehle loderte auf und ich konnte an nichts anderes denken.

Ich stieß mich vom Dach ab und schoss über die Straße, so dass ich direkt neben der weinenden Blondine landete. Ich konnte Diego dicht hinter mir spüren, daher knurrte ich ihn warnend an, während ich das überraschte Mädchen an den Haaren packte. Ich zerrte sie zur Wand des Durchgangs und stellte mich mit dem Rücken dagegen. In Verteidigungshaltung, für alle Fälle.

Dann dachte ich nicht länger an Diego, denn ich konnte die Hitze unter ihrer Haut spüren und das Pochen ihres Pulsschlags ganz dicht unter der Oberfläche hören.

Sie öffnete den Mund, um zu schreien, aber meine Zähne durchtrennten ihre Luftröhre, bevor ein Laut herausdringen konnte. Man hörte nur das Gurgeln von Luft und Blut in ihrer Lunge und ein leises Stöhnen, das ich nicht unterdrücken konnte.

Das Blut war warm und süß. Es löschte das Feuer in meiner Kehle, linderte die nagende, kribbelnde Leere in meinem Magen. Ich saugte und schluckte und nahm alles andere nur undeutlich wahr.

Ich hörte dasselbe Geräusch von Diego – er hatte sich über den Mann hergemacht. Die andere Frau lag bewusstlos auf dem Boden. Keiner von beiden hatte noch ein Geräusch von sich gegeben. Diego war gut.

Das Problem mit den Menschen war, dass sie nie genug Blut in sich hatten. Es kam mir so vor, als wäre das Mädchen schon Sekunden später ausgetrocknet. Frustriert schüttelte ich ihren schlaffen Körper. Meine Kehle begann bereits erneut zu brennen.

Ich ließ den aufgebrauchten Körper zu Boden fallen und kauerte mich an die Wand, überlegte, ob ich es schaffen könnte, mir das bewusstlose Mädchen zu schnappen und mit ihr abzuhauen, bevor Diego mich einholte.

Diego war bereits fertig mit dem Mann. Er sah mich mit einem Ausdruck an, den ich nur als … verständnisvoll bezeichnen konnte. Aber vielleicht lag ich damit auch völlig falsch. Ich konnte mich an niemanden erinnern, der mir je mit Verständnis begegnet wäre, deshalb wusste ich auch nicht genau, wie das aussah.

»Nimm sie dir«, erklärte er und wies mit dem Kopf zu dem schlaffen Mädchen auf dem Boden.

»Machst du Witze?«

»Nee, mir reicht's erst mal. Wir haben genug Zeit, heute Nacht noch mehr zu jagen.«

Während ich ihn aufmerksam auf kleinste Anzeichen für eine List hin beobachtete, stürzte ich nach vorn und griff mir das Mädchen. Diego machte keine Anstalten, mich zurückzuhalten. Er wandte sich leicht ab und sah in den schwarzen Himmel hinauf.

Ich grub meine Zähne in ihren Hals und hielt meinen Blick weiterhin auf ihn gerichtet. Diese hier schmeckte sogar noch besser als die andere. Ihr Blut war vollkommen sauber. Das Blut des blonden Mädchens hatte den bitteren Nachgeschmack gehabt, den Drogen mit sich brachten – ich war so sehr daran gewöhnt, dass es mir kaum aufgefallen war. Ich bekam selten richtig sauberes Blut zu trinken, weil ich mich an die Abschaumregel hielt. Diego schien sich auch an die Regeln zu halten. Er musste gerochen haben, worauf er da verzichtete.

Warum hatte er das getan?

Als der zweite Körper leer war, fühlte sich meine Kehle besser an. Ich hatte viel Blut getrunken. Wahrscheinlich würde ich ein paar Tage lang kein Brennen verspüren.

Diego wartete immer noch und pfiff leise durch die Zähne. Als ich den Körper mit einem dumpfen Schlag zu Boden fallen ließ, wandte er sich mir zu und lächelte.

»Äh, danke«, sagte ich.

Er nickte. »Du sahst so aus, als hättest du es nötiger als ich. Ich kann mich noch erinnern, wie schwierig es am Anfang ist.«

»Wird es irgendwann einfacher?«

Er zuckte die Achseln. »In gewisser Weise.«

Wir sahen uns einen Augenblick lang an.

»Warum versenken wir die Leichen nicht im Sund?«, schlug er vor.

Ich bückte mich, nahm die tote Blondine und warf mir ihren schlaffen Körper über die Schulter. Als ich gerade nach der anderen greifen wollte, kam Diego mir zuvor, den Zuhälter bereits auf dem Rücken.

»Hab sie«, sagte er.

Ich folgte ihm die Mauer hinauf und dann hangelten wir uns an den Trägern der Autobahnbrücke entlang. Die Scheinwerfer der Autos unter uns erfassten uns nicht. Ich dachte daran, wie dumm die Menschen waren, wie blind, und ich war froh, dass ich nicht zu den Ahnungslosen gehörte.

Von der Dunkelheit verborgen, kamen wir zu einem leeren Dock, das jetzt in der Nacht verschlossen war.

Diego zögerte keine Sekunde am Ende der Betonmauer, sondern sprang mit seiner klobigen Last einfach von der Kante herab und verschwand im Wasser. Ich tauchte hinter ihm ein.

Er schwamm so geschmeidig und schnell wie ein Hai und schoss immer tiefer und weiter in den schwarzen Sund hinaus. Plötzlich hielt er an, als er gefunden hatte, wonach er suchte – einen riesigen, schlammigen Felsbrocken auf dem Meeresgrund, an dem Seesterne und Müll festhingen. Wir mussten über dreißig Meter tief sein – einem Menschen wäre es hier unten pechschwarz vorgekommen. Diego ließ die Leichen los. Sie schaukelten sanft neben ihm in der Strömung, während er seine Hand in den schmutzigen Sand am Fuß des Felsens schob. Einen Augenblick später hatte er einen Halt gefunden und hievte den Felsbrocken von seinem Platz. Sein Gewicht ließ ihn bis zur Taille in den dunklen Meeresboden einsinken.

Er blickte auf und nickte mir zu.

Ich schwamm zu ihm hinunter und angelte auf dem Weg mit einer Hand nach seinen Leichen. Ich stieß die Blondine in das schwarze Loch unter dem Felsen, dann schob ich das zweite Mädchen und den Zuhälter hinterher. Ich trat leicht auf die Körper, um sicherzugehen, dass sie festsaßen, dann paddelte ich aus dem Weg. Diego ließ den Felsbrocken fallen. Er wackelte ein bisschen, passte sich dem neuen, unebenen Untergrund an. Diego strampelte sich aus dem Dreck frei, schwamm zur Oberfläche des Felsbrockens und drückte ihn runter, um den Widerstand darunter flach zu pressen.

Er schwamm ein paar Meter zurück, um sein Werk zu begutachten.

Perfekt, formte ich mit den Lippen. Diese drei Leichen würden nie wieder auftauchen. Riley würde nie einen Bericht über sie in den Nachrichten hören.

Diego grinste und hielt die Hand hoch.

Es dauerte eine Weile, bis ich begriff, dass ich einschlagen sollte. Zögernd schwamm ich vor, klatschte meine Handfläche gegen seine und ruderte dann schnell zurück, um einen gewissen Abstand zwischen uns zu bringen.

Diego setzte eine eigenartige Miene auf, dann schoss er wie eine Kugel an die Wasseroberfläche.

Verwirrt flitzte ich hinter ihm her. Als ich an die Luft kam, erstickte er beinahe an seinem Gelächter.

»Was ist?«

Eine Weile konnte er nicht antworten. Schließlich platzte er heraus: »Das war der mieseste High Five, den ich je gesehen habe.«

Ich rümpfte verärgert die Nase. »Konnte ja nicht wissen, ob du mir gleich den Arm abreißt oder so.«

Diego schnaubte. »Das würde ich nicht tun.«

»Jeder andere schon«, gab ich zurück.

»Das stimmt allerdings«, pflichtete er mir bei, plötzlich gar nicht mehr so amüsiert. »Lust auf einen weiteren Beutezug?«

»Was für eine Frage!«

Wir kamen unter einer Brücke aus dem Wasser und stießen zufällig auf zwei Obdachlose, die dort in alten, dreckigen Schlafsäcken auf einer Matratze aus alten Zeitungen schliefen. Keiner von beiden wachte auf. Ihr Blut hatte einen sauren Beigeschmack vom Alkohol, aber es war immer noch besser als nichts. Wir vergruben sie ebenfalls im Sund, unter einem anderen Felsen.

»Tja, jetzt reicht's mir wieder für ein paar Wochen«, sagte Diego, als wir aus dem Wasser raus waren und tropfend auf dem Rand eines anderen leeren Docks standen.

Ich seufzte. »Ich schätze, das ist der einfachere Teil, stimmt's? Ich werde das Brennen schon in ein paar Tagen wieder spüren. Und dann wird mich Riley wahrscheinlich wieder mit einer Handvoll von Raouls Mutanten losschicken.«

»Ich kann mitkommen, wenn du willst. Riley lässt mich eigentlich machen, was ich will.«

Ich dachte über das Angebot nach, einen Augenblick lang misstrauisch. Aber Diego schien wirklich nicht so zu sein wie der Rest. Mit ihm zusammen fühlte ich mich anders. Als müsste ich nicht so auf der Hut sein.

»Das wäre prima«, räumte ich ein. Es gefiel mir nicht, das zu sagen. Machte mich zu verletzlich oder so.

Aber Diego sagte bloß: »Alles klar«, und lächelte mich an.

»Wie kommt's, dass Riley dir so viele Freiheiten lässt?«,

fragte ich, als ich darüber nachdachte, wie die beiden zueinander standen. Je mehr Zeit ich mit Diego verbrachte, desto weniger konnte ich mir vorstellen, dass er so eng mit Riley war. Diego war so … freundlich. Überhaupt nicht wie Riley. Aber vielleicht hatte es was damit zu tun, dass Gegensätze sich anziehen.

»Riley weiß, er kann darauf vertrauen, dass ich hinter mir aufräume. Apropos, macht's dir was aus, wenn wir eben noch was erledigen?«

Ich fing an, diesen Typen lustig zu finden. Ich war neugierig auf ihn und wollte sehen, was er vorhatte.

»Nee, schon okay«, sagte ich.

Er lief über das Dock zur Straße hin, die durch den Hafen führte. Ich folgte ihm. Ich konnte ein paar Menschen riechen, aber ich wusste, dass es zu dunkel war und wir so schnell waren, dass sie uns nicht sehen konnten.

Er beschloss erneut den Weg über die Dächer zu nehmen. Nach ein paar Sprüngen erkannte ich unseren eigenen Geruch. Er verfolgte unsere frühere Spur zurück.

Und dann waren wir wieder dort, wo Kevin und der andere Kerl so einen Mist mit dem Auto angestellt hatten.

»Un*glaub*lich«, knurrte Diego.

Offenbar waren Kevin und Co. gerade weg. Zwei weitere Autos waren auf das erste gestapelt und eine Handvoll Schaulustige vergrößerte die Anzahl der Leichen. Die Polizei war noch nicht da – denn alle, die das Chaos hätten melden können, waren bereits tot.

»Hilfst du mir, das in Ordnung zu bringen?«, fragte Diego.

»Okay.«

Wir sprangen hinunter und Diego ordnete die Autos schnell neu an, so dass es nicht mehr danach aussah, als hätte ein Riesenbaby sie in einem Anfall von Wut wild übereinandergestapelt, sondern eher nach einem normalen Zusammenstoß. Ich schnappte mir die beiden leeren, leblosen Körper, die auf dem Asphalt lagen, und schob sie unter die angebliche Unglücksstelle.

»Übler Unfall«, sagte ich.

Diego grinste. Er holte ein Feuerzeug aus einem Plastikbeutel in seiner Tasche und begann die Kleider der Opfer anzuzünden. Ich nahm mein eigenes Feuerzeug – Riley gab sie uns zurück, wenn wir auf die Jagd gingen, und Kevin hätte seins wirklich benutzen sollen – und widmete mich der Polsterung. Die ausgetrockneten und mit brennbarem Vampirgift überzogenen Leichen gingen schnell in Flammen auf.

»Zurück«, rief Diego warnend und ich sah, dass er die Tankklappe des ersten Autos geöffnet und den Tankdeckel abgeschraubt hatte. Ich sprang an die nächstgelegene Wand und blieb auf Höhe des ersten Stockwerks hocken, um zuzusehen. Er trat ein paar Schritte zurück und zündete ein Streichholz an. Zielsicher warf er es in das kleine Loch. Im selben Augenblick sprang er neben mir hoch.

Die Wucht der Explosion erschütterte die ganze Straße. Die ersten Lichter gingen an.

»Gut gemacht«, sagte ich.

»Danke für deine Hilfe. Zurück zu Riley?«

Ich runzelte die Stirn. In Rileys Haus wollte ich nun wirklich nicht den Rest der Nacht verbringen. Ich hatte keine Lust, Raouls blöde Visage zu sehen oder mir das ewige Kreischen und Streiten anzuhören. Ich wollte mich nicht zusammenreißen und hinter Freaky Fred verstecken müssen, nur damit die anderen mich in Ruhe ließen. Außerdem waren mir die Bücher ausgegangen.

»Wir haben noch Zeit«, sagte Diego, der meinen Gesichtsausdruck richtig gedeutet hatte. »Wir müssen nicht sofort zurück.«

»Ich könnte noch ein bisschen Lesestoff gebrauchen.«

»Und ich könnte noch ein bisschen neue Musik gebrauchen.« Er grinste. »Lass uns shoppen gehen.«

Schnell durchquerten wir die Stadt – zuerst wieder über Dächer und dann durch schattige Straßen, wo die Gebäude immer weniger dicht gedrängt standen –, bis wir in eine angenehmere Gegend kamen. Bald hatten wir eine Einkaufsstraße mit der Filiale einer der großen Buchhandelsketten gefunden. Ich brach das Schloss an der Dachluke auf und wir kletterten hinein. Der Laden war leer, die Alarmanlage beschränkte sich auf Fenster und Türen. Ich ging direkt zum Buchstaben *H*, während Diego sich auf den Weg in die Musikabteilung im hinteren Teil des Geschäfts machte. Ich hatte gerade Hale durch und nahm mir einfach das nächste Dutzend Bücher; damit würde ich ein paar Tage beschäftigt sein.

Ich sah mich nach Diego um, der an einem der Kaffeetische saß und die Rückseiten seiner neuen CDs studierte. Ich zögerte kurz, dann setzte ich mich zu ihm.

Es fühlte sich komisch an, weil es mir auf eine quälende, unangenehme Weise vertraut war. So hatte ich schon früher dagesessen – an einem Tisch, jemandem gegenüber. Ich hatte mich unterhalten und an Dinge gedacht, die nichts mit Leben und Tod, Durst und Blut zu tun hatten. Aber das war in einem anderen, inzwischen fast verblassten Leben gewesen.

Das letzte Mal, als ich mit jemandem an einem Tisch gesessen hatte, war dieser Jemand Riley gewesen. Die Erinnerung an jenen Abend fiel mir aus verschiedenen Gründen schwer.

»Wie kommt's, dass du mir im Haus noch nie aufgefallen bist?«, fragte Diego plötzlich. »Wo versteckst du dich?«

Ich lachte und zog gleichzeitig eine Grimasse. »Normalerweise hocke ich immer irgendwo hinter Freaky Fred.«

Er rümpfte die Nase. »Im Ernst? Wie hältst du das aus?«

»Man gewöhnt sich dran. Hinter ihm ist es nicht so übel wie vor ihm. Außerdem ist es das beste Versteck, das ich bisher gefunden habe. Keiner kommt in Freds Nähe.«

Diego nickte, sah aber immer noch irgendwie angewidert aus. »Das stimmt. Auch eine Art, am Leben zu bleiben.«

Ich zuckte die Achseln.

»Wusstest du, dass Fred einer von Rileys Lieblingsvampiren ist?«, fragte Diego.

»Echt? Wie das?« Keiner ertrug Freaky Fred. Ich war die Einzige, die es versuchte, und das auch nur aus Selbstschutz.

Diego beugte sich verschwörerisch zu mir herüber. Ich hatte mich bereits so an seine seltsame Art gewöhnt, dass ich noch nicht mal zusammenzuckte.

»Ich habe eins seiner Telefonate mit *ihr* belauscht.«

Ich schauderte.

»Ich weiß«, sagte er und klang erneut verständnisvoll. Aber es war natürlich kein Wunder, dass wir uns verstanden, wenn es um *sie* ging. »Das war vor ein paar Monaten und Riley erzählte ganz aufgeregt von Fred. Nach dem, was ich gehört habe, vermute ich, dass einige Vampire bestimmte Dinge tun können. Mehr als normale Vampire, meine ich. Und das ist gut – etwas, wonach *sie* sucht. Vampire mit besonderen Fähigkeiten.«

»Was für Fähigkeiten?«

»Alles Mögliche offenbar. Es gibt Gedankenleser und Tracker und einige können sogar in die Zukunft sehen.«

»Ach komm.«

»Im Ernst. Ich schätze mal, Fred kann Leute absichtlich irgendwie abstoßen. Es läuft alles nur in unserem Kopf ab. Er sorgt dafür, dass wir den Gedanken, in seiner Nähe zu sein, abstoßend finden.«

Ich runzelte die Stirn. »Und was ist daran gut?«

»Es hält ihn am Leben, oder? Und dich hält es offenbar auch am Leben.«

Ich nickte. »Scheint so. Hat er auch noch was über jemand anderen gesagt?« Ich versuchte mich zu erinnern, ob mir sonst an irgendjemandem etwas Seltsames aufgefallen war, aber Fred war einzigartig. Die Schwachköpfe, die heute Nacht Superhelden gespielt hatten, hatten nichts getan, wozu nicht jeder andere von uns auch in der Lage gewesen wäre.

»Er hat von Raoul gesprochen«, sagte Diego und verzog seine Mundwinkel.

»Was für eine Fähigkeit hat denn Raoul? Extreme Blödheit?«

Diego schnaubte. »Das ganz bestimmt. Aber Riley glaubt, er verfügt über eine besondere Anziehungskraft – die Leute sind fasziniert von ihm, sie folgen ihm.«

»Aber nur die Minderbemittelten.«

»Genau das hat Riley auch gesagt. Offenbar wirkt es nicht bei den ›*zahmeren* Kids‹«, sagte er, wobei er eine ziemlich gute Imitation von Rileys Stimme lieferte.

»Zahm?«

»Ich glaube, damit meint er Leute wie uns, die in der Lage sind, hin und wieder mitzudenken.«

Es gefiel mir nicht, dass man mich zahm nannte. Es klang nicht besonders gut. So, wie Diego es sagte, klang es besser.

»Es hörte sich so an, als gäbe es einen Grund dafür, dass Riley Raoul als Anführer braucht – irgendwas haben sie vor, glaube ich.«

Ein eigenartiges Kribbeln zuckte meine Wirbelsäule entlang, als er das sagte, und ich setzte mich aufrecht hin. »Was denn?«

»Denkst du manchmal darüber nach, warum Riley so großen Wert darauf legt, dass wir uns unauffällig verhalten?«

Ich zögerte eine halbe Sekunde, bevor ich antwortete. Das war nicht die Art Frage, die ich von Rileys rechter Hand erwartet hätte. Es klang beinahe, als würde Diego anzweifeln, was Riley uns erzählt hatte. Außer er fragte das jetzt *für* Riley, wie ein Spion. Um herauszufinden, was die »Kids« von ihm hielten. Aber so kam es mir nicht vor. Diegos dunkelrote Augen waren offenherzig und vertrauensvoll. Und warum sollte Riley das überhaupt interessieren? Vielleicht war an dem Gerede der anderen über Diego gar nichts dran. Es war vermutlich bloß Klatsch.

Ich antwortete ihm wahrheitsgemäß: »Ja, ehrlich gesagt habe ich genau daran gerade gedacht.«

»Wir sind nicht die einzigen Vampire auf der Welt«, sagte Diego ernst.

»Ich weiß. Riley sagt manchmal so was. Aber allzu viele

kann es nicht geben. Das hätten wir doch schon mal bemerken müssen, oder?«

Diego nickte. »Das glaube ich auch. Weshalb es ziemlich seltsam ist, dass *sie* immer noch mehr von uns macht, findest du nicht?«

Ich runzelte die Stirn. »Mhm. Weil Riley uns ja nun nicht gerade besonders mag oder so …« Ich schwieg wieder, um zu sehen, ob er mir widersprechen würde. Das tat er nicht. Er wartete einfach ab und nickte nur zustimmend, also fuhr ich fort. »Und *sie* hat sich uns noch nicht mal vorgestellt. Du hast Recht. So hatte ich es bisher noch nicht betrachtet. Na ja, eigentlich hatte ich noch gar nicht richtig darüber nachgedacht. Aber wozu brauchen sie uns dann?«

Diego hob eine Augenbraue. »Soll ich dir sagen, was ich glaube?«

Ich nickte widerstrebend. Aber jetzt hatte meine Beklommenheit nichts mit ihm zu tun.

»Ich bin sicher, sie haben irgendetwas vor. Ich glaube, *sie* braucht Schutz und hat Riley damit beauftragt, für ihre Verteidigung zu sorgen.«

Ich ließ mir das durch den Kopf gehen, meine Wirbelsäule kribbelte erneut. »Aber warum sagen sie uns das dann nicht? Müssten wir nicht, was weiß ich, nach irgendwas Ausschau halten oder so?«

»Das wäre nur logisch«, pflichtete er mir bei.

Wir sahen uns ein paar endlos scheinende Sekunden

schweigend an. Mir fiel nichts weiter ein und ihm schien es genauso zu gehen.

Schließlich zog ich eine Grimasse und sagte: »Ich weiß nicht, ob ich dir das abkaufe – den Teil über Raoul, dass er für *irgendwas* gut sein soll, meine ich.«

Diego lachte. »Dagegen kann ich kaum was sagen.« Dann warf er einen Blick durchs Fenster auf den noch dunklen frühen Morgen. »Die Zeit ist um. Wir machen uns besser auf den Rückweg, bevor wir geröstet werden.«

»Asche zu Asche, Staub zu Staub«, murmelte ich leise vor mich hin, als ich aufstand und meinen Bücherstapel nahm.

Diego kicherte.

Wir machten unterwegs noch einmal kurz halt – und besorgten im leeren Kaufhaus nebenan große Plastikbeutel und zwei Rucksäcke. Ich packte meine Bücher alle doppelt ein. Ich hatte etwas gegen nasse Seiten.

Dann sprangen wir hauptsächlich über die Dächer zurück zum Wasser. Der Himmel fing gerade erst an, im Osten etwas heller zu werden. Direkt vor der Nase von zwei unaufmerksamen Nachtwächtern auf der großen Fähre glitten wir in den Sund – sie hatten Glück, dass ich satt war, sonst hätte ich mich nicht beherrschen können, so nah waren sie – und lieferten uns dann ein Wettrennen durch das trübe Wasser zurück zu Rileys Haus.

Zuerst wusste ich nicht, dass es ein Wettrennen war. Ich schwamm bloß deshalb schnell, weil der Himmel immer heller wurde. Normalerweise kam ich nicht erst auf den letzten Drücker zurück. Wenn ich ganz ehrlich war, musste ich zugeben, dass ich mich in den totalen Vampirstreber verwandelt hatte. Ich hielt mich an die Regeln, machte keinen Ärger, war bei den uncoolsten Leuten der Gruppe zu finden und kam immer früh nach Hause.

Aber dann drehte Diego richtig auf. Er überholte mich und ein paar Längen vor mir wandte er sich mit einem Lächeln um, als wollte er sagen: *Was, kommst du etwa nicht hinterher?*, dann raste er weiter.

Das konnte ich natürlich nicht auf mir sitzenlassen. Ich hätte gar nicht sagen können, ob ich früher schon so ehrgeizig gewesen war – das kam mir alles schrecklich weit weg und unwichtig vor –, aber vielleicht schon, denn ich sprang sofort darauf an. Diego war ein guter Schwimmer, aber ich war viel stärker, vor allem direkt nachdem ich getrunken hatte.

Bis später, formte ich mit den Lippen, als ich an ihm vorbeischoss, aber ich war mir nicht sicher, ob er es sah.

Ich ließ ihn in dem dunklen Wasser hinter mir zurück und verschwendete keine Zeit darauf, mich umzudrehen, um nachzuschauen, wie deutlich ich gewann. Ich sauste einfach durch den Sund, bis ich das Ufer der Insel erreichte, auf der sich unser aktuelles Zuhause befand. Das davor war eine große Hütte mitten im verschneiten Nirgendwo am Hang irgendeines Berges in den Kaskaden gewesen. Wie das letzte war auch dieses hier abgelegen, hatte einen großen Keller und kürzlich verstorbene Besitzer.

Ich rannte auf den flachen Steinstrand, grub meine Finger in das Sandsteinkliff und flog hinauf. Gerade, als ich nach dem Stamm einer überhängenden Kiefer griff und mich über den Rand der Klippe schwang, hörte ich Diego aus dem Wasser kommen.

Zwei Dinge erregten meine Aufmerksamkeit, als ich sanft auf den Fußballen landete. Erstens: Es war schon ganz schön hell hier draußen. Zweitens: Das Haus war weg.

Nun ja, nicht ganz weg. Reste davon waren immer noch sichtbar. Das Dach war eingestürzt und hatte sich in einen zerfetzten, kantigen hölzernen Spitzenbesatz verwandelt, der schwarz verkohlt war und niedriger hing als die Haustür früher.

Die Sonne stieg schnell. Die schwarzen Kiefern waren schon eine Spur grün geworden. Bald würden sich die blasseren Spitzen vor der Dunkelheit abzeichnen und dann wäre ich tot.

Oder *richtig* tot oder was auch immer. Mein zweites durstiges Superheldenleben würde plötzlich in lodernde Flammen aufgehen. Und ich konnte mir nur zu gut vorstellen, dass dieses Auflodern sehr, sehr schmerzhaft sein würde.

Es war nicht das erste Mal, dass ich eines unserer Häuser zerstört sah – bei all den Kämpfen und Feuern im Keller überdauerten die meisten nur ein paar Wochen –, aber es war das erste Mal, dass ich auf den Schauplatz der Zerstörung stieß, als schon die ersten schwachen Sonnenstrahlen drohten.

Entsetzt sog ich die Luft ein, als Diego neben mir landete.

»Vielleicht können wir unters Dach kriechen?«, flüsterte ich. »Meinst du, das wäre sicher genug, oder …?«

»Keine Panik, Bree«, sagte Diego und klang unbegreiflich ruhig. »Ich kenne einen Platz. Komm mit.«

Er machte einen sehr eleganten Salto rückwärts von der Kante des Kliffs herunter.

Ich glaubte nicht, dass das Wasser einen ausreichenden Filter abgab, um das Sonnenlicht abzuschirmen. Aber vielleicht konnten wir unter Wasser nicht verbrennen? Es schien mir ein ziemlich dürftiger Plan zu sein.

Trotzdem kroch ich nicht unter die ausgebrannte Hülle des eingestürzten Hauses, sondern sprang stattdessen hinter ihm her von der Klippe. Ich war nicht wirklich überzeugt davon, dass ich das Richtige tat, was ein unangenehmes Gefühl war. Normalerweise machte ich, was ich immer machte – aus Gewohnheit und weil es mir logisch erschien.

Im Wasser holte ich Diego ein. Er veranstaltete schon wieder ein Wettrennen, aber diesmal nicht aus Spaß. Es war ein Wettrennen gegen die Sonne.

Er sauste um eine Landzunge der kleinen Insel herum

und tauchte dann tief nach unten. Ich hätte eigentlich erwartet, dass er auf dem felsigen Boden des Sunds aufschlug, aber stattdessen spürte ich eine wärmere Strömung, die hinter einer Art Felsnase hervorkam.

Ganz schön schlau von Diego, so einen Ort zu kennen. Klar, es würde nicht besonders lustig werden, den ganzen Tag über in einer Unterwasserhöhle zu sitzen – nicht atmen zu können, nervte nach ein paar Stunden –, aber es war immer noch besser, als zu Asche zu zerfallen. Ich hätte auch so denken sollen wie Diego. An etwas anderes denken als an Blut, meine ich. Ich hätte auf das Unerwartete vorbereitet sein sollen.

Diego schwamm durch einen schmalen Spalt in den Felsen. Hier drin war es pechschwarz. Sicher. Ich konnte nicht mehr schwimmen – es war zu eng hier –, also krabbelte ich weiter wie Diego, kletterte durch die Windungen. Ich wartete darauf, dass er anhielt, aber das tat er nicht. Plötzlich merkte ich, dass es wirklich aufwärtsging. Und dann hörte ich, wie Diego die Wasseroberfläche durchstieß.

Eine halbe Sekunde nach ihm tauchte ich ebenfalls aus dem Wasser auf.

Die Höhle war nichts weiter als ein kleines Loch, eine Art Grotte von der Größe eines VW Beetle, allerdings nicht ganz so hoch. Ein zweiter schmaler Gang führte auf der anderen Seite weiter und ich konnte die frische Luft riechen, die aus dieser Richtung kam. Auf der Oberfläche der Kalksteinwände sah ich die Abdrücke von Diegos Fingern in zigfacher Ausführung.

»Netter Platz«, sagte ich.

Diego lächelte. »Besser als hinter Freaky Fred.«

»Dem kann ich nicht widersprechen. Äh. Danke.«

»Gern geschehen.«

Wir sahen uns einen Augenblick in der Dunkelheit an. Sein Gesicht war glatt und ruhig. Mit jedem sonst, Kevin oder Kristie oder einem der anderen, wäre das hier fürchterlich gewesen – der enge Raum, die erzwungene Nähe. Ich nahm seinen Geruch überall um mich herum wahr, diese Beengtheit hätte mit jedem anderen Vampir einen schnellen und schmerzhaften Tod zur Folge haben können. Aber Diego war so beherrscht. Wie niemand sonst.

»Wie alt bist du?«, fragte er unvermittelt.

»Drei Monate. Hab ich dir doch schon gesagt.«

»Das habe ich nicht gemeint. Äh, wie alt *warst* du? Wahrscheinlich muss ich so fragen.«

Ich rückte unbehaglich zur Seite, als mir bewusst wurde, dass er über *Menschen*kram sprach. Darüber sprach sonst niemand. Niemand dachte gern daran. Aber ich wollte das Gespräch auch nicht beenden. Überhaupt ein Gespräch zu führen, war etwas Neues und Aufregendes. Ich zögerte und er wartete mit neugieriger Miene.

»Ich war, äh, fünfzehn, glaube ich. Fast sechzehn. Ich kann mich nicht an den genauen Tag erinnern … ob mein Geburtstag schon vorbei war.« Ich versuchte daran zu denken, aber diese letzten hungrigen Wochen waren ein einziges verworrenes Durcheinander und der Versuch, Ordnung hineinzubringen, bereitete mir auf seltsame Art Kopfschmerzen. Ich schüttelte den Kopf und gab es auf. »Und du?«

»Ich war gerade achtzehn geworden«, sagte Diego. »So nah dran.«

»Nah wo dran?«

»Rauszukommen«, sagte er, aber er sprach nicht weiter. Eine Weile herrschte unbehagliches Schweigen, dann wechselte er das Thema.

»Du hast dich wirklich gut gehalten, seit du hierhergekommen bist«, sagte er und ließ seinen Blick über meine verschränkten Arme und Beine schweifen. »Du hast überlebt – bist der falschen Art Aufmerksamkeit aus dem Weg gegangen, heil geblieben.«

Ich zuckte die Achseln, dann schob ich den linken Ärmel meines T-Shirts bis zur Schulter hoch, damit er die dünne, unregelmäßige Linie sehen konnte, die meinen Arm umschloss.

»Der ist mir mal abgerissen worden«, räumte ich ein. »Hab ihn zurückgekriegt, bevor Jen ihn abfackeln konnte. Riley hat mir gezeigt, wie man ihn wieder festmacht.«

Diego lächelte trocken und zeigte mit einem Finger auf sein rechtes Knie. Seine dunkle Jeans verdeckte die Narbe, die er dort offenbar hatte. »Das passiert jedem.«

»Aua«, sagte ich.

Er nickte. »Allerdings. Aber wie gesagt, du bist ein ziemlich anständiger Vampir.«

»Soll ich mich jetzt für das Kompliment bedanken?«

»Ich denke nur laut, versuche mir über ein paar Sachen klar zu werden.«

»Was für Sachen?«

Er runzelte leicht die Stirn. »Was wirklich los ist. Was Riley vorhat. Warum er *ihr* weiterhin willkürlich irgendwelche Leute bringt. Warum es Riley offenbar egal ist, ob es so jemand ist wie du oder so jemand wie dieser Idiot Kevin.«

Es klang, als würde er Riley auch nicht besser kennen als ich.

»Was meinst du damit, jemand wie ich?«, fragte ich.

»Nach Leuten wie dir sollte Riley suchen – nach den Schlauen –, nicht nur nach diesen Idioten, die Raoul dauernd anschleppt. Ich wette, du warst bestimmt nicht irgend so ein Junkie, als du noch ein Mensch warst.«

Ich verlagerte unbehaglich mein Gewicht. Diego wartete weiterhin auf meine Antwort, so als wäre unsere Unterhaltung völlig normal. Ich holte tief Luft und dachte zurück.

»Ich war nah dran«, gab ich nach ein paar Sekunden, während deren er geduldig gewartet hatte, zu. »Noch nicht ganz, aber es fehlte nicht mehr viel, vielleicht ein paar Wochen …« Ich zuckte mit den Schultern. »Ich kann mich nicht so genau erinnern, aber ich weiß noch, dass ich dachte, es gäbe nichts Übleres auf der Welt als ganz normalen altmodischen Hunger. Doch dann hat sich rausgestellt, dass Durst viel schlimmer ist.«

Er lachte. »Das kannst du laut sagen.«

»Und du? Warst du kein jugendlicher Ausreißer in Schwierigkeiten wie wir anderen?«

»O doch, ich war schon in Schwierigkeiten.« Er sprach nicht weiter.

Aber auch ich konnte einfach dasitzen und die Antwort auf Fragen, die man eigentlich nicht stellte, abwarten. Ich sah ihn einfach nur an.

Er seufzte. Sein Atem roch gut. Wir rochen alle süß, aber bei Diego war da noch was anderes – etwas Würziges wie Zimt oder Nelken.

»Ich hab versucht, mich von dem ganzen Dreck fernzuhalten. Viel gelernt. Ich wollte raus aus dem Getto, weißt du. Aufs College gehen. Was aus mir machen. Aber da war so ein Typ – ähnlich wie Raoul. ›Mach mit oder stirb‹, war sein Motto. Ich wollte keins von beidem, also hielt ich mich von seinen Leuten fern. Ich war vorsichtig. Blieb am Leben.« Er hielt inne und schloss die Augen.

Das reichte mir noch nicht. »Und?«

»Mein kleiner Bruder war nicht so vorsichtig.«

Ich wollte gerade fragen, ob sein Bruder mitgemacht hatte oder gestorben war, aber sein Gesichtsausdruck machte die Frage überflüssig. Ich blickte zur Seite, ohne zu wissen, wie ich reagieren sollte. Ich konnte seinen

Verlust nicht wirklich verstehen, und auch nicht den Schmerz, den er ganz offensichtlich immer noch fühlte. Ich hatte nichts zurückgelassen, das ich vermisste. War das der Unterschied? Hielt er deshalb an Erinnerungen fest, denen wir Übrigen auswichen?

Ich verstand immer noch nicht, was Riley damit zu tun hatte. Riley und der Cheeseburger der Schmerzen. *Den* Teil der Geschichte wollte ich hören, aber jetzt hatte ich ein schlechtes Gewissen, ihn zur Antwort zu drängen.

Zum Glück für meine Neugier sprach Diego nach einer Weile weiter.

»Ich bin irgendwie ausgerastet. Hab einem Freund die Knarre geklaut und bin auf die Jagd gegangen.« Er lachte bitter. »Damals war ich allerdings noch nicht besonders gut darin. Aber ich erwischte den Typen, der meinen Bruder erwischt hatte, bevor er mich erwischte. Der Rest seiner Gang hat mich danach in einem Durchgang gestellt. Und dann war da plötzlich Riley zwischen mir und ihnen. Ich weiß noch, dass ich gedacht habe, das ist der weißeste Kerl, den ich je gesehen habe. Er sah die anderen noch nicht mal an, als sie auf ihn schossen. Als wären die Kugeln nichts weiter als lästige Fliegen. Weißt du, was er zu mir gesagt hat? ›Willst du ein neues Leben, Junge?‹, hat er mich gefragt.«

»Ha!« Ich lachte. »Das ist deutlich besser als bei mir. Ich hab nur zu hören gekriegt: ›Willst du einen Burger, Kleine?‹«

Ich konnte mich immer noch daran erinnern, wie Riley in jener Nacht ausgesehen hatte, obwohl das Bild unscharf war, weil meine Menschenaugen so miserabel gewesen waren. Er war der schärfste Typ, den ich je gesehen hatte, groß und blond und einfach perfekt. Ich war mir sicher, dass seine Augen hinter der dunklen Sonnenbrille, die er nie abnahm, genauso schön sein mussten. Und seine Stimme war so sanft, so freundlich. Ich glaubte zu wissen, was er im Tausch für die Mahlzeit haben wollte, und das hätte ich ihm auch gegeben. Nicht, weil er so schön war, sondern weil ich seit zwei Wochen nichts weiter als Abfälle gegessen hatte. Es stellte sich allerdings heraus, dass er es auf etwas anderes abgesehen hatte.

Diego lachte über die Sache mit dem Burger. »Du musst ganz schön großen Hunger gehabt haben.«

»Verdammt großen, das kannst du mir glauben.«

»Und warum hattest du solchen Hunger?«

»Weil ich so blöd war, abzuhauen, bevor ich den Führerschein hatte. Ich kriegte keinen anständigen Job und war nicht besonders gut darin, zu klauen.«

»Und wovor bist du abgehauen?«

Ich zögerte. Die Erinnerungen wurden etwas deutlicher, wenn ich mich konzentrierte, und ich war mir nicht sicher, ob ich das wollte.

»Na los, komm schon«, versuchte er mich zu überreden. »Ich hab dir auch von mir erzählt.«

»Ja, stimmt. Okay. Ich bin vor meinem Dad abgehauen. Er hat mich die meiste Zeit geschlagen. Meine Mutter wahrscheinlich auch, bevor sie weggelaufen ist. Damals war ich noch klein – ich habe nicht viel mitgekriegt. Es wurde immer schlimmer. Ich hatte das Gefühl, wenn ich zu lange warte, bin ich irgendwann tot. Er hat mir immer gesagt, wenn ich je abhauen sollte, würde ich verhungern. Damit hatte er sogar fast Recht – das Einzige, womit er je Recht hatte, was mich betrifft. Ich denke nicht oft daran.«

Diego nickte. »Gar nicht so leicht, sich an diese ganzen Sachen zu erinnern, was? Alles ist so verschwommen und dunkel.«

»Wie wenn man versucht, mit schlammverschmierten Augen etwas zu sehen.«

»Ja, genau«, sagte er zustimmend. Er sah mich blinzelnd an, als versuchte er etwas zu erkennen, und rieb sich die Augen.

Wir lachten wieder gemeinsam. Eigenartig.

»Ich kann mich nicht daran erinnern, *mit* jemandem gelacht zu haben, seit ich Riley getroffen habe«, sagte er wie ein Echo auf meine Gedanken. »Das ist nett. *Du* bist nett. Nicht wie die anderen. Hast du schon mal versucht, dich mit einem von denen zu unterhalten?«

»Nee, hab ich nicht.«

»Da hast du auch nichts verpasst. Womit wir wieder beim Ausgangspunkt wären. Wäre Rileys Leben nicht angenehmer, wenn er sich mit anständigen Vampiren umgeben würde? Wenn wir *sie* beschützen sollen, wäre es dann nicht besser, nach den Schlauen Ausschau zu halten?«

»Das heißt, Riley kommt es nicht auf Intelligenz an«, schlussfolgerte ich, »sondern auf Masse.«

Diego kräuselte nachdenklich die Lippen. »Wie beim Schach. Er macht keine Springer und Läufer.«

»Wir sind nur Bauern«, wurde mir klar.

Wir sahen uns erneut eine ganze Weile an.

»Das will ich nicht glauben«, sagte Diego.

»Und was machen wir jetzt?«, fragte ich ganz automatisch im Plural. Als wären wir schon ein Team.

Er dachte einen Augenblick über meine Frage nach und wirkte gequält, so dass ich das »wir« fast bereute. Aber dann sagte er: »Was können wir schon machen, wenn wir nicht wissen, was los ist?«

Also machte es ihm nichts aus, uns als Team zu sehen. Ich konnte mich nicht erinnern, mich schon einmal so glücklich gefühlt zu haben. »Am besten, wir halten die Augen offen, passen auf, versuchen es rauszukriegen.«

Er nickte. »Wir müssen uns an alles erinnern, was Riley uns erzählt hat, an alles, was er gemacht hat.« Er schwieg nachdenklich. »Weißt du, ich hab schon mal versucht, mit Riley darüber zu sprechen, aber es schien ihn überhaupt nicht zu interessieren. Er hat mir gesagt, ich soll mich auf wichtigere Sachen konzentrieren – wie den Durst. Was damals auch wirklich alles war, woran ich denken konnte. Er hat mich auf die Jagd geschickt und ich habe aufgehört, mir Gedanken zu machen …«

Ich beobachtete ihn dabei, wie er über Riley nachdachte, den Blick in die Ferne gerichtet, als er die Erinnerung erneut durchlebte, und mir wurde bewusst, dass Diego zwar mein erster Freund in diesem Leben war, aber ich nicht *sein* erster.

Plötzlich sah er mich wieder an. »Also, was hat Riley uns bisher erzählt?«

Ich konzentrierte mich und ließ mir die letzten drei Monate durch den Kopf gehen. »Eigentlich erklärt er uns nicht viel, nur das, was wir unbedingt wissen müssen.«

»Wir müssen genauer zuhören.«

Wir saßen schweigend da und versuchten, uns einen Reim darauf zu machen. Ich dachte hauptsächlich daran, wie viel ich nicht wusste. Und warum mich all das, was ich nicht wusste, bisher nicht gekümmert hatte. Es war, als hätte erst das Gespräch mit Diego bei mir für einen klaren Kopf gesorgt. Zum ersten Mal seit drei Monaten war *Blut* nicht das Wichtigste für mich.

Wir schwiegen eine ganze Weile. Der schwarze Gang, durch den ich die frische Luft in die Höhle strömen spürte, war nicht mehr schwarz. Er war jetzt dunkelgrau und wurde mit jeder Sekunde geringfügig heller. Diego bemerkte, wie ich nervöse Blicke in die Richtung warf.

»Keine Sorge«, sagte er. »An sonnigen Tagen dringt

gedämpftes Licht hier herein. Es schadet uns nicht.« Er zuckte mit den Schultern.

Ich rutschte näher an den Spalt im Boden, aus dem mit Einsetzen der Ebbe das Wasser verschwand.

»Im Ernst, Bree. Ich bin schon tagsüber hier gewesen. Ich hab sogar Riley von dieser Höhle erzählt – und davon, dass sie meistens mit Wasser gefüllt ist, und er sagte, das wäre ja perfekt, wenn ich mal aus dem Irrenhaus rauswollte. Wie auch immer, seh ich aus, als wäre ich versengt worden?«

Ich zögerte und dachte daran, wie anders seine Beziehung zu Riley war als meine. Er hob die Augenbrauen, während er auf eine Antwort wartete. »Nein«, sagte ich schließlich. »Aber …«

»Guck«, sagte er ungeduldig. Er kroch schnell zu dem Tunnel und streckte seinen Arm bis zur Schulter hinein. »Nichts.«

Ich nickte einmal.

»Bleib cool! Soll ich mal gucken, wie hoch ich komme?« Als er das sagte, steckte er bereits den Kopf in den Gang und begann zu klettern.

»Nein, Diego.« Ich konnte ihn schon nicht mehr sehen. »Ich *bin* cool, ich schwör's.«

Er lachte – es klang, als sei er bereits mehrere Meter den Gang hochgeklettert. Ich wollte hinter ihm her, ihn am Fuß packen und zurückziehen, aber ich war vor Angst wie erstarrt. Es wäre dumm, mein Leben zu riskieren, um einen völlig Fremden zu retten. Aber ich hatte schon so lange niemanden gehabt, der einem Freund so nahekam. Es wäre schon jetzt nach nur einer Nacht schwer, niemanden mehr zum Reden zu haben.

»No me estoy quemando«, rief er in spöttischem Tonfall herab. »Warte … ist das …? *Au!*«

»Diego?«

Ich machte einen Satz durch die Höhle und steckte meinen Kopf in den Tunnel. Da war sein Gesicht, nur Zentimeter von meinem entfernt.

»Buh!«

Ich zuckte vor seiner Nähe zurück – nur ein Reflex, alte Gewohnheit.

»Sehr witzig«, sagte ich trocken und trat zur Seite, als er zurück in die Höhle glitt.

»Du musst mal locker werden, Bree. Ich hab das überprüft, okay? Indirektes Sonnenlicht kann dir nichts anhaben.«

»Soll das heißen, dass ich mich einfach unter einen netten schattigen Baum stellen könnte und alles wäre in Ordnung?«

Er zögerte einen Moment, als überlegte er, ob er mir etwas erzählen sollte oder nicht, und dann sagte er leise: »Ich hab das mal gemacht.«

Ich starrte ihn an und wartete auf das Grinsen. Denn das war natürlich ein Witz.

Es blieb aus.

»Riley hat gesagt …«, hob ich an und dann brach meine Stimme ab.

»Ja, ich weiß, was Riley gesagt hat«, räumte er ein. »Vielleicht weiß Riley nicht so viel, wie er zu wissen behauptet.«

»Aber Shelly und Steve. Doug und Adam. Der Junge mit den leuchtend roten Haaren. Sie alle. Sie sind weg, weil sie nicht rechtzeitig zurückgekommen sind. Riley hat ihre Asche gesehen.«

Unglücklich zog Diego seine Augenbrauen zusammen.

»Jeder weiß, dass die Vampire früher tagsüber in Särgen lagen«, fuhr ich fort. »Um die Sonne zu meiden. Das weiß doch jeder, Diego.«

»Du hast Recht. Alle Geschichten erzählen davon.«

»Und was hat Riley denn davon, uns den ganzen Tag über in einem lichtgeschützten Keller – einer Art großem Gruppensarg – einzusperren? Wir demolieren nur das Haus und er muss sich mit den ganzen Streitereien rumschlagen und ständig gibt's Kämpfe. Du kannst mir nicht erzählen, dass ihm das Spaß macht.«

Etwas, das ich gesagt hatte, ließ Diego aufhorchen. Er saß einen Augenblick mit offenem Mund da, dann schloss er ihn.

»Was?«

»Das weiß doch jeder«, wiederholte er. »Und was machen Vampire den ganzen Tag in den Särgen?«

»Äh … ach ja, angeblich schlafen sie, stimmt's? Aber ich

schätze mal, sie liegen einfach nur gelangweilt da rum, weil wir nicht … Okay, also dieser Teil stimmt nicht.«

»Genau. Außerdem schlafen sie in den Geschichten nicht einfach nur. Sie sind vollkommen bewusstlos. Sie können gar nicht aufwachen. Ein Mensch kann einfach zu ihnen hingehen und sie pfählen, kein Problem. Das ist noch so was – Pfähle. Glaubst du wirklich, jemand könnte dich mit einem Stück Holz durchstoßen?«

Ich zuckte die Achseln. »Darüber habe ich noch nie nachgedacht. Natürlich nicht mit einem normalen Stück Holz, das ist klar. Vielleicht hat spitzes Holz irgendwelche … ich weiß nicht, magischen Eigenschaften oder so was.«

Diego schnaubte. »Ach komm.«

»Okay, ich weiß es nicht. Ich würde allerdings sowieso nicht stillhalten, während ein Mensch mit einem angespitzten Besenstiel auf mich zurennt.«

Diego – der immer noch einen leicht befremdeten Ausdruck im Gesicht hatte, als ob übernatürliche Kräfte für einen Vampir wirklich etwas so Unvorstellbares wären – kniete sich hin und begann an dem Sandstein über seinem Kopf zu kratzen. Kleine Steinbröckchen rieselten auf seine Haare, aber er beachtete sie nicht.

»Was machst du da?«

»Ich probiere was aus.«

Er grub mit beiden Händen, bis er aufrecht stehen konnte, und machte einfach weiter.

»Diego, wenn du an die Oberfläche kommst, verbrennst du. Hör auf.«

»Ich versuche ja gar nicht … ah, da haben wir's.«

Ein lautes Krachen war zu hören und dann noch ein Krachen, aber man sah kein Licht. Er duckte sich wieder, so dass ich sein Gesicht sehen konnte, und hatte ein Stück Baumwurzel in der Hand, weiß, abgestorben und voller Erdklumpen. Dort, wo er die Wurzel abgebrochen hatte, war sie scharf und unregelmäßig gezackt. Er warf sie mir zu.

»Pfähl mich.«

Ich warf sie zurück. »Sonst noch was?«

»Im Ernst. Du weißt, dass du mich damit nicht verletzen kannst.« Er schleuderte das Holz wieder zu mir; anstatt es zu fangen, schlug ich es zurück.

Er fing es aus der Luft auf und seufzte. »Du bist dermaßen … *abergläubisch*!«

»Ich bin ein *Vampir*. Wenn das nicht beweist, dass die abergläubischen Leute Recht haben, weiß ich auch nicht.«

»Also gut, ich mache es selbst.«

Er hielt die Wurzel theatralisch mit ausgestrecktem Arm von sich weg, als wäre sie ein Schwert und Diego drauf und dran, sich selbst aufzuspießen.

»Komm schon«, sagte ich unbehaglich. »Das ist albern.«

»Genau darauf will ich hinaus. Es wird nicht funktionieren.«

Er rammte sich das Holzstück gegen die Brust, genau

an der Stelle, wo früher sein Herz geklopft hatte, kräftig genug, um eine Granitplatte zu durchschlagen. Ich war vor Panik völlig erstarrt, bis er lachte.

»Du solltest mal dein Gesicht sehen, Bree.«

Er ließ die Splitter durch seine Finger rieseln; die zertrümmerte Wurzel fiel in lauter kleinen Stückchen zu Boden. Diego klopfte sein Hemd ab, was allerdings auch nicht viel nützte, weil es von all dem Schwimmen und Graben schon so schäbig war. Wenn wir das nächste Mal Gelegenheit hatten, würden wir beide neue Kleider klauen müssen.

»Vielleicht ist es was anderes, wenn ein Mensch es tut.«

»Weil du dich so magisch gefühlt hast, als du noch ein Mensch warst?«

»Ich weiß es nicht, Diego«, sagte ich aufgebracht. »Ich habe all diese Geschichten nicht erfunden.«

Er nickte, plötzlich wieder ernst. »Was, wenn die Geschichten genau das sind? Erfunden.«

Ich seufzte. »Und was spielt das für eine Rolle?«

»Weiß nicht genau. Aber wenn wir herausfinden wollen, warum wir hier sind – warum Riley uns zu *ihr* gebracht hat, warum *sie* immer mehr von uns macht –, dann müssen wir so viel wie irgend möglich verstehen.« Er runzelte die Stirn, jede Spur von einem Lächeln war jetzt aus seinem Gesicht verschwunden.

Ich sah ihn einfach nur an. Ich kannte die Antworten nicht.

Sein Gesicht wurde ein wenig sanfter. »Das hilft unheimlich, weißt du. Darüber zu reden. Es hilft mir dabei, mich zu konzentrieren.«

»Mir auch«, sagte ich. »Ich verstehe nicht, warum ich bisher nie darüber nachgedacht habe. Es kommt mir jetzt so offensichtlich vor. Aber mit dir zusammen ... Ich weiß auch nicht. Es hilft mir, dranzubleiben.«

»Genau.« Diego lächelte mich an. »Ich bin wirklich froh, dass du heute Nacht mit auf der Jagd warst.«

»Jetzt fang nicht an, hier rumzuschmalzen.«

»Was? Du willst nicht meine« – er riss die Augen auf und seine Stimme stieg um eine Oktave – »Freundin fürs Leben sein?« Er lachte über den blöden Ausdruck.

Ich verdrehte die Augen, war mir allerdings nicht ganz sicher, ob er sich über den Ausdruck oder über mich lustig machte.

»Komm schon, Bree. Sei für alle Zeiten meine beste Freundin. Bitte.« Er zog mich immer noch auf, aber sein breites Lächeln war echt und ... hoffnungsvoll. Er streckte die Hand aus.

Diesmal holte ich zu einem richtigen High Five aus und merkte erst, als er nach meiner Hand griff und sie festhielt, dass er etwas anderes im Sinn gehabt hatte.

Es war eigenartig, nach einem ganzen Leben – und die letzten drei Monate *waren* mein ganzes Leben –, in dem ich jeglichen Kontakt vermieden hatte, wieder jemanden zu berühren. Wie wenn man ein heruntergerissenes, Funken sprühendes Stromkabel anfasste, um dann festzustellen, dass es sich gut anfühlte.

Das Lächeln auf meinem Gesicht geriet ein wenig schief. »Du kannst auf mich zählen.«

»Wunderbar. Unser ganz privater Klub.«

»Sehr exklusiv«, stimmte ich zu.

Er hatte immer noch meine Hand in seiner. Er schüttelte sie nicht, aber hielt sie auch nicht richtig. »Wir brauchen einen geheimen Händedruck.«

»Darum kannst du dich kümmern.«

»Hiermit wird der total geheime Klub der besten Freunde zur Ordnung gerufen, alle anwesend, der geheime Händedruck wird auf einen späteren Zeitpunkt vertagt«, sagte er. »Erster Tagesordnungspunkt: Riley. Ahnungslos? Falsch informiert? Oder ein Lügner?«

Sein offener und ehrlicher Blick hielt meinem stand, während er sprach. Es veränderte sich nichts darin, als er Rileys Namen nannte. In diesem Augenblick war ich mir sicher, dass an den Gerüchten über Diego und Riley nichts dran war. Diego war einfach schon länger dabei als die anderen, weiter nichts. Ich konnte ihm vertrauen.

»Setz das noch mit auf die Liste«, sagte ich. »Pläne. Soll heißen, wie sehen seine aus?«

»Volltreffer. Das ist genau das, was wir herausfinden müssen. Aber erst noch ein Experiment.«

»Das Wort macht mich nervös.«

»Vertrauen ist wichtig bei dieser Geheimklubsache.«

Er stellte sich in den Hohlraum, den er eben in die Decke gegraben hatte, und buddelte weiter. Kurz darauf hingen seine Füße in der Luft, während er sich mit einer Hand festhielt und mit der anderen grub.

»Ich hoffe, du gräbst nur nach Knoblauch«, warnte ich ihn und zog mich bis zu dem Tunnel zurück, der ins Meer führte.

»Die Geschichten sind nicht wahr, Bree«, rief er mir zu. Er zog sich in dem Loch weiter nach oben und mehr Erde rieselte herab. Wenn er so weitermachte, würde er bald sein ganzes Versteck damit ausfüllen. Oder es mit Licht fluten, so dass es überhaupt nicht mehr zu gebrauchen wäre.

Ich rutschte so weit es ging in den Fluchttunnel hinein, nur meine Fingerspitzen und meine Augen guckten noch über die Kante. Das Wasser reichte mir nur bis zur Hüfte. Im Bruchteil einer Sekunde wäre ich in der Dunkelheit unter mir verschwunden. Ich konnte einen ganzen Tag verbringen, ohne zu atmen.

Ich hatte noch nie viel für Feuer übriggehabt. Das mochte an einer verdrängten Kindheitserinnerung liegen oder an etwas, das noch nicht so lange zurücklag. Meine Verwandlung zum Vampir war mir für immer Feuer genug.

Diego musste sich schon fast nach oben durchgegraben haben. Und wieder dachte ich, wie schwer es sein würde, meinen neuen und einzigen Freund zu verlieren.

»Bitte hör auf, Diego«, flüsterte ich, obwohl ich wusste, dass er mir gar nicht zuhören, mich wahrscheinlich sogar auslachen würde.

»Vertrau mir, Bree.«

Ich wartete unbeweglich.

»Ich hab's gleich ...«, murmelte er. »Okay.«

Ich wurde ganz starr, während ich auf das Licht wartete oder die Flammen oder die Explosion, aber als Diego sich fallen ließ, war es immer noch dunkel. In der Hand hatte er eine lange Wurzel, ein dickes, gebogenes Ding, das fast so groß war wie ich. Er warf mir einen Ich-hab's-dir-doch-gesagt-Blick zu.

»Ich bin ja nicht total leichtsinnig«, sagte er. Mit seiner freien Hand zeigte er auf die Wurzel. »Siehst du – Vorsichtsmaßnahmen.«

Dann stach er mit der Wurzel nach oben in sein neu gegrabenes Loch. Eine letzte Lawine aus Steinchen und Sand ging nieder, während Diego sich auf die Knie fallen ließ, um auszuweichen. Und dann durchschnitt heller Lichtschein – ein Strahl, so breit wie einer von Diegos Armen – die Dunkelheit der Höhle. Das Licht bildete eine Säule von der Decke bis zum Boden und schimmerte, als der niedergehende Staub hindurchrieselte. Stocksteif krallte ich mich an dem Felsvorsprung fest, bereit, mich fallen zu lassen.

Diego zuckte nicht weg oder schrie in Panik auf. Man roch keinen Rauch. Die Höhle war hundertmal heller als vorher, aber es schien ihm nichts auszumachen. Vielleicht war seine Geschichte über schattige Bäume also wahr. Ich betrachtete ihn aufmerksam, wie er neben der Säule aus Sonnenlicht kniete, bewegungslos, beobachtend. Es schien ihm gut zu gehen, aber seine Haut hatte sich leicht verändert. Eine Art Zittern, vielleicht von dem herabsinkenden Staub verursacht, reflektierte den Lichtschein. Es sah fast aus, als leuchtete er ein bisschen.

Vielleicht war es nicht der Staub, sondern die Verbrennung. Vielleicht tat es nicht weh und er würde es zu spät bemerken …

Sekunden verstrichen, während wir reglos das Tageslicht anstarrten.

Mit einer Bewegung, die vollkommen vorhersehbar und gleichzeitig absolut undenkbar schien, drehte er dann seine Hand mit der Handfläche nach oben und streckte seinen Arm in Richtung des Lichts aus.

Ich reagierte schneller, als ich denken konnte, was verdammt schnell war. Schneller, als ich je zuvor reagiert hatte.

Ich nagelte Diego an die Rückwand der mit Erde angefüllten kleinen Höhle, bevor er jenen letzten Zentimeter überbrücken konnte, der noch fehlte, um seine Haut dem Licht auszusetzen.

Der Raum erstrahlte plötzlich in hellem Glanz und ich spürte die Wärme auf meinem Bein im selben Augenblick, als mir klar wurde, dass hier nicht genug Platz für mich war, um Diego an die Wand zu drücken, ohne dass irgendein Teil von mir mit dem Sonnenlicht in Berührung kam.

»Bree!«, keuchte er.

Ich drehte mich unwillkürlich von ihm weg und presste mich dicht an die Wand. Das Ganze hatte nicht mal eine Sekunde gedauert und die ganze Zeit wartete ich darauf, dass der Schmerz mich packen würde. Darauf, dass die Flammen zuschlagen und sich dann ausbreiten würden wie in jener Nacht, als ich *sie* getroffen hatte, nur schneller. Der blendende Lichtblitz war weg. Da war jetzt nur noch die Säule aus Sonnenlicht von vorhin.

Ich sah Diego ins Gesicht – seine Augen waren weit aufgerissen, sein Mund stand offen. Er war vollkommen regungslos, was mich beunruhigte. Ich wollte einen Blick auf mein Bein werfen, aber ich hatte Angst zu gucken, was davon übrig war. Das hier war nicht wie bei dem Arm, den Jen mir abgerissen hatte, obwohl das stärker wehgetan hatte. Das hier würde ich nicht wieder in Ordnung bringen können.

Immer noch kein Schmerz.

»Bree, hast du das gesehen?«

Ich schüttelte einmal kurz den Kopf. »Wie schlimm ist es?«

»Schlimm?«

»Mein Bein«, stieß ich zwischen den Zähnen hervor. »Sag mir einfach, was davon übrig ist.«

»Dein Bein sieht in meinen Augen ganz in Ordnung aus.«

Ich sah schnell hin und es stimmte, da waren mein Fuß und meine Wade, genau wie vorher. Ich wackelte mit den Zehen. Alles in Ordnung.

»Tut es weh?«, fragte er.

Ich richtete mich vom Boden auf und kniete mich hin. »Noch nicht.«

»Hast du gesehen, was passiert ist? Das Licht?«

Ich schüttelte den Kopf.

»Sieh dir das an«, sagte er und kniete sich erneut vor den Lichtstrahl. »Und schubs mich diesmal nicht weg. Du hast bereits bewiesen, dass ich Recht habe.« Er streckte die Hand aus. Auch diesmal fiel es mir wieder fast genauso schwer, es mit anzusehen, obwohl sich mein Bein normal anfühlte.

Im selben Augenblick, als er seine Finger ins Licht streckte, wurde die Höhle von einer Million glänzender regenbogenfarbener Lichtreflexe erleuchtet. Es war so hell wie um die Mittagszeit in einem Haus aus Glas – überall war Licht. Ich zuckte zusammen und schauderte dann. Ich war überall von Sonnenlicht bedeckt.

»Unwirklich«, flüsterte Diego. Er hielt seine ganze Hand ins Licht und die Höhle leuchtete noch heller. Er drehte seine Hand um, um sich den Handrücken anzusehen, dann drehte er wieder die Handfläche nach oben. Die Reflexe tanzten, als ließe er ein Prisma kreisen.

Es roch nicht verbrannt und er hatte ganz offensichtlich keine Schmerzen. Ich schaute mir seine Hand genau an und es sah aus, als hätte er Zigtausende winzige Spiegel auf der Hautoberfläche – zu klein, um sie wirklich ausmachen zu können –, die alle das Licht doppelt so stark reflektierten wie ein normaler Spiegel.

»Komm her, Bree – das musst du ausprobieren.«

Mir fiel kein Grund ein, um mich zu weigern, und ich war wirklich neugierig, aber trotzdem rückte ich nur widerwillig an seine Seite.

»Keine Verbrennungen?«

»Nein. Licht verbrennt uns nicht, es … wird nur von uns reflektiert. Und das ist wahrscheinlich noch untertrieben.«

So langsam wie ein Mensch schob ich meine Finger widerstrebend ins Licht. Augenblicklich strahlten Lichtreflexe von meiner Haut ab und ließen den Raum so hell erscheinen, dass der Tag draußen im Vergleich damit dunkel gewirkt hätte. Es waren allerdings nicht wirklich Reflexe, denn das Licht war gebrochen und farbig, eher wie bei einem Kristall. Ich streckte die ganze Hand aus und der Raum wurde noch heller.

»Glaubst du, Riley weiß das?«, flüsterte ich.

»Vielleicht. Vielleicht auch nicht.«

»Warum sollte er es uns nicht sagen, wenn er es wüsste? Was hätte das für einen Zweck? Wir sind also wandelnde Discokugeln, na und?« Ich zuckte die Achseln.

Diego lachte. »Jetzt weiß ich, wo die Geschichten herkommen. Stell dir vor, du hättest das gesehen, als du noch ein Mensch warst. Hättest du nicht auch geglaubt, dass ich gerade in Flammen aufgegangen bin?«

»Wenn du nicht noch auf ein Schwätzchen dageblieben wärst. Möglich.«

»Das ist unglaublich«, sagte Diego. Mit einem Finger fuhr er über meine leuchtende Handfläche.

Dann sprang er direkt unter dem Sonnenstrahl auf und der Raum wurde unvorstellbar hell.

»Auf geht's, raus hier.« Er streckte die Arme hoch und zog sich in das Loch, das er oben gegraben hatte.

Man hätte meinen sollen, ich wäre darüber hinweg gewesen, aber ich hatte immer noch Angst, ihm zu folgen. Da ich auch nicht wie der totale Feigling dastehen wollte, blieb ich ihm dicht auf den Fersen, aber innerlich schauderte ich. Riley hatte die Sache mit dem Verbrennen in der Sonne immer und immer wieder betont; in meinem Kopf war es mit diesem fürchterlichen Brennen verknüpft, das ich verspürt hatte, als ich ein Vampir geworden war, und es gelang mir nicht, die instinktive Panik zu unterdrücken, die mich jedes Mal, wenn ich daran dachte, erfüllte.

Dann war Diego durch das Loch geschlüpft und eine halbe Sekunde später war ich neben ihm. Wir standen auf einem kleinen Stück Wiese, keinen Meter von den Bäumen entfernt, die die Insel bedeckten. Hinter uns waren es nur ein paar Meter bis zu einem niedrigen Kliff und dann kam das Wasser. Alles um uns herum glänzte in den Farben und dem Licht, das wir reflektierten.

»Wow«, murmelte ich.

Diego grinste mich an, sein Gesicht war wunderschön in der Sonne, und plötzlich machte mein Magen einen Riesensatz und mir wurde bewusst, dass wir mit dieser ganzen Geschichte von den Freunden fürs Leben voll danebenlagen. Ich zumindest. So schnell war es passiert.

Sein Grinsen wurde etwas schwächer, bis es nur noch der Anflug von einem Lächeln war. Seine Augen waren so groß wie meine. Voller Ehrfurcht und Licht. Er berührte mein Gesicht, so, wie er vorhin meine Hand berührt hatte, als versuchte er den Glanz zu verstehen.

»So hübsch«, sagte er. Er ließ seine Hand an meiner Wange.

Ich weiß nicht genau, wie lange wir dort standen, total idiotisch lächelten und funkelten wie gläserne Fackeln. Es waren keine Boote in der Bucht, was wahrscheinlich gut war. Noch nicht mal ein Mensch mit schlammverschmierten Augen hätte uns übersehen. Nicht, dass sie uns irgendetwas hätten anhaben können, aber ich hatte keinen Durst und das ganze Geschrei hätte die Stimmung kaputt gemacht.

Schließlich schob sich eine dicke Wolke vor die Sonne. Plötzlich waren wir einfach wieder wir selbst, wenn auch immer noch schwach leuchtend. Aber nicht genug, dass jemand, der weniger scharfe Augen hatte als ein Vampir, es bemerkt hätte.

Sobald das Leuchten weg war, bekam ich wieder einen klareren Kopf und konnte darüber nachdenken, was als Nächstes kam. Aber obwohl Diego wieder aussah wie immer – oder zumindest nicht wie aus strahlendem Licht gemacht –, wusste ich, dass er in meinen Augen nie mehr der Gleiche sein würde. Das Kribbeln in meiner Magengrube war immer noch da. Ich hatte das Gefühl, es würde vielleicht nie wieder verschwinden.

»Sagen wir es Riley? Meinst du, er weiß es nicht?«, fragte ich.

Diego seufzte und ließ seine Hand sinken. »Ich bin mir nicht sicher. Lass uns darüber nachdenken, während wir ihrer Spur folgen.«

»Wir müssen vorsichtig sein, wenn wir sie tagsüber verfolgen. Wir fallen im Sonnenlicht ein bisschen auf, weißt du.«

Er grinste. »Dann müssen wir es jetzt einfach wie die Ninjas machen.«

Ich nickte. »Total geheimer Ninjaklub klingt viel cooler als diese ganze Sache mit den besten Freunden fürs Leben.«

»Eindeutig.«

Es dauerte nicht länger als ein paar Sekunden, bis wir die Stelle entdeckt hatten, an der die ganze Gruppe die Insel verlassen hatte. Das war der einfache Teil. Herauszufinden, wo sie auf dem Festland wieder an Land gegangen waren, war ein ganz anderes Problem. Wir diskutierten kurz darüber, ob wir uns aufteilen sollten, entschieden uns dann aber einstimmig dagegen. Unsere Logik war wirklich bestechend – denn wenn einer von uns etwas entdeckte, wie sollte er es dem anderen dann mitteilen? –, aber in erster Linie wollte ich mich einfach nicht von ihm trennen und ihm schien es genauso zu gehen. Wir hatten beide unser ganzes Leben auf echte Freundschaft verzichten müssen, und das, was wir jetzt hatten, war einfach zu schön, um auch nur eine Minute davon zu verschwenden.

Es gab so viele Möglichkeiten, wo sie hingegangen sein konnten. Auf die Halbinsel zurück oder zu einer anderen Insel oder wieder an den Stadtrand von Seattle oder nach Norden bis hoch nach Kanada. Immer, wenn wir eins unserer Häuser zerstört oder abgefackelt hatten, war Riley vorbereitet gewesen – er schien immer genau zu wissen, wohin wir als Nächstes zogen. Er musste für solche Fälle vorausgeplant haben, aber er weihte keinen von uns in seine Pläne ein.

Sie konnten überall sein.

Immer ins Wasser einzutauchen, um Booten und Menschen aus dem Weg zu gehen, und dann wieder aufzutauchen, ließ uns nur langsam vorankommen. Der ganze Tag verging, ohne dass wir eine Spur von den anderen fanden, aber das machte keinem von uns etwas aus. Wir hatten so viel Spaß wie noch nie.

Es war ein eigenartiger Tag. Anstatt trübselig in der Dunkelheit rumzusitzen und zu versuchen, die Streitereien auszublenden und meinen Unmut über mein Versteck runterzuschlucken, spielte ich Ninja mit dem, der mein neuer, bester Freund war oder vielleicht sogar mehr. Wir lachten viel, während wir uns durch die Schatten bewegten und uns mit Felsen bewarfen, als wären es Wurfsterne.

Dann ging die Sonne unter und plötzlich wurde ich nervös. Würde Riley nach uns Ausschau halten? Würde er annehmen, dass wir verbrannt waren? Wusste er es besser?

Wir begannen uns schneller vorwärtszubewegen. Viel schneller. Wir hatten bereits alle Inseln in der Nähe umkreist, also konzentrierten wir uns jetzt aufs Festland. Ungefähr eine Stunde nach Sonnenuntergang nahm ich einen vertrauten Geruch wahr und Sekunden später waren wir ihnen auf der Spur. Sobald wir die Witterung aufgenommen hatten, war es so einfach, als würde man einer Herde Elefanten durch frisch gefallenen Schnee folgen.

Beim Rennen besprachen wir, was wir tun sollten, ernsthafter jetzt.

»Ich glaube, wir sollten es Riley besser nicht erzählen«, sagte ich. »Wir behaupten lieber, wir hätten den ganzen Tag in deiner Höhle verbracht, bevor wir nach ihnen gesucht haben.« Beim Reden wuchs meine Angst nur noch mehr. »Oder noch besser, wir sagen, deine Höhle hätte unter Wasser gestanden. Wir konnten noch nicht mal miteinander reden.«

»Du hältst Riley für einen üblen Kerl, stimmt's?«, fragte er nach einer Weile leise. Dabei nahm er meine Hand.

»Ich weiß nicht. Aber ich würde lieber so tun, als wäre er es, vorsichtshalber.« Ich zögerte, dann sagte ich: »Du willst nicht schlecht von ihm denken.«

»Nein«, gab Diego zu. »Er ist in gewisser Weise mein Freund. Zwar nicht so wie du.« Er drückte meine Finger. »Aber mehr als sonst irgendjemand. Ich will nicht glauben …« Diego beendete den Satz nicht.

Ich drückte ebenfalls seine Finger. »Vielleicht ist er total anständig. Dass wir vorsichtig sind, ändert daran ja nichts.«

»Stimmt. Okay, also nehmen wir die Variante mit der Unterwasserhöhle. Zumindest erst mal … ich könnte vielleicht später mit ihm über die Sonne reden. Das würde ich sowieso lieber tagsüber machen, wenn ich gleich beweisen kann, was ich behaupte. Und falls er es bereits weiß, aber einen guten Grund hat, warum er uns etwas anderes erzählt hat, sollte ich es ihm unter vier Augen sagen. Ihn mir im Morgengrauen schnappen, wenn er von dort zurückkehrt, wo immer er hingeht …«

Mir fiel auf, dass Diego dauernd von *ich* sprach und nicht von *wir*, und das störte mich. Aber gleichzeitig wollte ich nicht wirklich viel damit zu tun haben, wenn

Riley solche Neuigkeiten erfuhr. Ich vertraute ihm nicht so wie Diego.

»Ninja-Angriff im Morgengrauen!«, sagte ich, um ihn zum Lachen zu bringen. Es funktionierte. Wir fingen wieder an, rumzualbern, während wir weiter der Spur unserer Vampirhorde folgten, aber ich merkte, dass er sich bei all den Neckereien über dieselben Sachen Gedanken machte wie ich.

Und je weiter wir rannten, desto nervöser wurde ich. Denn wir rannten schnell und wir konnten unmöglich auf der falschen Fährte sein, aber es dauerte viel zu lange. Wir entfernten uns weit von der Küste, liefen das nächstgelegene Gebirge hinauf und darüber hinweg, hinein in unbekanntes Gebiet. Das war nicht das übliche Schema.

Alle Häuser, die wir uns bisher geborgt hatten, egal ob auf einem Berg oder einer Insel oder auf dem Gelände einer großen Farm versteckt, hatten ein paar Dinge gemeinsam. Die toten Besitzer, den abgelegenen Ort und noch etwas anderes. Sie waren alle in gewisser Weise auf Seattle ausgerichtet gewesen. Hatten sich um die große Stadt herum angeordnet wie sie umkreisende Monde. Seattle war immer das Zentrum, immer das Ziel gewesen.

Jetzt befanden wir uns außerhalb der Umlaufbahn und es fühlte sich so an, als stimmte daran etwas nicht. Vielleicht hatte es nichts zu bedeuten, vielleicht hatte es nur etwas damit zu tun, dass sich heute so viele Dinge verändert hatten. All die Wahrheiten, die ich bisher verinnerlicht hatte, waren auf den Kopf gestellt worden, und ich hatte nicht die Nerven für weitere Umwälzungen. Warum hatte Riley nicht irgendeinen normalen Ort aussuchen können?

»Komisch, dass sie so weit draußen sind«, murmelte Diego und ich konnte den scharfen Unterton in seiner Stimme hören.

»Eher unheimlich«, murmelte ich.

Er drückte meine Hand. »Alles okay. Der Ninjaklub wird mit allem fertig.«

»Hast du schon einen geheimen Händedruck?«

»Ich arbeite dran«, versprach er.

Irgendwas begann an mir zu nagen. Es war, als könnte ich diesen seltsamen blinden Fleck geradezu spüren – ich wusste, da war etwas, das ich nicht sah, aber ich wusste einfach nicht, was. Irgendwas Offensichtliches …

Und dann, knapp hundert Kilometer westlicher als unser üblicher Radius, fanden wir das Haus. Man konnte es unmöglich verfehlen bei dem Lärm. Das *Bumm*, *Bumm*, *Bumm* der Bässe, der Videospiel-Soundtrack, das Knurren. Das war eindeutig unsere Gruppe.

Ich machte meine Hand los und Diego sah mich an.

»Hey, ich kenne dich doch überhaupt nicht«, sagte ich in spaßigem Tonfall. »Ich habe noch nicht mal mit dir geredet bei all dem Wasser, in dem wir den ganzen Tag über gehockt haben. Vielleicht bist du ja sogar ein Ninja oder ein Vampir.«

Er grinste. »Das Gleiche gilt für dich, Fremde.« Dann leise und schnell: »Verhalt dich einfach so wie gestern. Morgen Nacht ziehen wir zusammen los. Spähen vielleicht ein bisschen was aus, finden noch mehr darüber heraus, was hier los ist.«

»Klingt nach einem guten Plan. Und kein Wort.«

Er beugte sich vor und *küsste* mich – es war nur ein flüchtiger Kuss, aber direkt auf die Lippen. Die Überraschung darüber durchzuckte meinen ganzen Körper. Dann sagte er: »Auf geht's«, und machte sich, ohne sich noch mal nach mir umzudrehen, auf den Weg den Berg hinunter direkt auf die Quelle des grauenhaften Lärms zu. Er spielte bereits seine Rolle.

Ein wenig perplex folgte ich ein paar Meter hinter ihm, doch ohne zu vergessen, den Abstand zwischen uns einzuhalten, den ich auch sonst zwischen mir und jedem anderen gewahrt hätte.

Das Haus war ein großes blockhausähnliches Teil, das zwischen Kiefern versteckt in einem kleinen Tal lag. Meilenweit gab es keine Anzeichen für irgendwelche Nachbarn. Alle Fenster waren dunkel, als wäre das Haus leer, aber die gesamte Struktur wankte unter den wummernden Bässen, die aus dem Keller dröhnten.

Diego ging als Erster rein und ich versuchte mich hinter ihm zu bewegen, als wäre er Kevin oder Raoul. Zögerlich, meinen Sicherheitsabstand wahrend. Er fand die Treppe und polterte mit selbstsicheren Schritten hinunter.

»Ihr wolltet mich wohl abhängen, ihr Loser, was?«, fragte er.

»Oh, hey, Diego lebt«, hörte ich Kevin mit deutlichem Mangel an Begeisterung erwidern.

»Das verdanke ich mit Sicherheit nicht dir«, sagte Diego, als ich in den dunklen Keller glitt. Das einzige Licht im Raum stammte von verschiedenen Fernsehbildschirmen, aber selbst das war mehr, als für uns nötig gewesen wäre. Ich ging schnell zu Fred, der ein ganzes Sofa für sich allein hatte, froh darüber, dass es in Ordnung war, wenn ich ängstlich aussah, denn ich konnte meine Angst unmöglich verbergen. Ich schluckte heftig, als mich der Ekel traf, und rollte mich an meinem üblichen Platz hinter dem Sofa zusammen. Sobald ich lag, schien Freds Macht nachzulassen. Oder vielleicht gewöhnte ich mich auch nur langsam daran.

Der Keller war ziemlich leer, weil es mitten in der Nacht war. Alle anderen hier hatten dieselbe Augenfarbe wie ich – ein kräftiges, kürzlich genährtes Rot.

»Hat 'ne Weile gedauert, bis ich dein bescheuertes Chaos beseitigt hatte«, erklärte Diego Kevin. »Es war beinahe Morgen, als ich bei dem ankam, was von unserem Haus übrig war. Hab den ganzen Tag in einer mit Wasser gefüllten Höhle gehockt.«

»Verpetz mich doch bei Riley. Mir scheißegal.«

»Offenbar hat's das kleine Mädchen auch geschafft«, sagte eine andere Stimme und ich schauderte, denn sie gehörte Raoul. Ich war ein bisschen erleichtert, dass er meinen Namen nicht kannte, aber in erster Linie war ich entsetzt, dass er mich überhaupt bemerkt hatte.

»Ja, sie ist mir gefolgt.« Ich konnte Diego nicht sehen, aber ich wusste, dass er die Achseln zuckte.

»Du bist wohl der Held des Tages, was?«, sagte Raoul abfällig.

»Es gibt keine Sonderpunkte dafür, sich wie ein Schwachkopf zu benehmen.«

Ich wünschte, Diego würde Raoul nicht so verspotten. Ich hoffte, dass Riley bald zurückkam. Riley war der Einzige, der Raoul wenigstens ein bisschen zügeln konnte.

Aber Riley war vermutlich auf der Jagd nach Abschaum, um ihn zu *ihr* zu bringen. Oder machte, was immer er sonst tat, wenn er unterwegs war.

»Interessante Einstellung, die du da hast, Diego. Du denkst wohl, Riley hat dich so gern, dass es ihm was ausmacht, wenn ich dich umbringe. Ich glaube, du irrst dich. Aber egal, heute Nacht hält er dich sowieso für tot.«

Ich konnte hören, wie die anderen sich bewegten. Einige wollten Raoul wahrscheinlich unterstützen, andere ihm einfach aus dem Weg gehen. Ich zögerte in meinem Versteck, weil ich Diego nicht allein gegen sie kämpfen lassen würde, aber mir Sorgen machte, dass unsere Tarnung aufflog, falls es gar nicht so weit kam. Ich hoffte, Diego hatte deshalb schon so lange überlebt, weil er über irgendwelche speziellen Kampftechniken verfügte. Auf dem Gebiet hatte ich nicht viel zu bieten. Drei Mitglieder von Raouls Gang waren hier und ein paar andere, die ihm vielleicht helfen würden, um sich mit ihm gut zu stellen. Würde Riley zurückkommen, bevor sie dazu kamen, uns zu verbrennen?

Diegos Stimme war ganz ruhig, als er antwortete. »Hast du wirklich so große Angst, es allein mit mir aufzunehmen? Typisch.«

Raoul schnaubte. »Funktioniert das jemals? Ich meine, außer in Filmen. Warum sollte ich es alleine mit dir aufnehmen? Ich hab kein Interesse daran, dich zu *schlagen*. Ich will dich einfach nur *vernichten*.«

Ich kauerte mich hin, bereit zum Sprung.

Raoul sprach weiter. Der Klang seiner eigenen Stimme gefiel ihm offensichtlich.

»Aber nicht alle von uns werden gebraucht, um mit dir fertigzuwerden. Diese beiden hier können sich um die kleine Wie-heißt-sie-noch kümmern. Dann gibt es keinen Beweis mehr für deine bedauerliche Rettung.«

Mein Körper fühlte sich eiskalt an, wie erstarrt. Ich versuchte das Gefühl abzuschütteln, um so gut wie möglich kämpfen zu können. Nicht, dass es einen großen Unterschied gemacht hätte.

Und dann spürte ich etwas anderes, etwas völlig Unerwartetes – eine so überwältigende Welle aus Ekel, dass ich mich zu Boden warf und entsetzt nach Luft schnappte.

Ich war nicht die Einzige, die es traf. Von überall im

Keller hörte ich angewidertes Knurren und Würgelaute. Einige von unserer Gruppe zogen sich bis an die Ränder des Zimmers zurück, wo ich sie von meinem Platz aus sehen konnte. Sie pressten sich flach an die Wand und drehten die Hälse weg, als könnten sie so dem entsetzlichen Gefühl entgehen. Zumindest einer von ihnen war ein Mitglied aus Raouls Gang.

Dann hörte ich Raouls unverwechselbares Knurren, das leiser wurde, als er die Treppe hinaufrannte. Er war nicht der Einzige, der abhaute. Ungefähr die Hälfte der Vampire verschwand aus dem Keller.

Ich nicht. Ich konnte mich kaum rühren. Und dann wurde mir klar, woran das vermutlich lag: daran, dass ich mich so nah neben Freaky Fred befand. Er war verantwortlich für das, was geschehen war. Und so furchtbar ich mich auch fühlte, war ich doch in der Lage zu begreifen, dass er mir wahrscheinlich gerade das Leben gerettet hatte.

Warum?

Das Ekelgefühl ließ langsam nach. Sobald ich konnte, kroch ich zum Rand des Sofas und nahm die Folgen in Augenschein. Raouls gesamte Gang war weg, aber Diego war noch da, am entgegengesetzten Ende des großen Raums neben den Fernsehern. Die übrigen Vampire entspannten sich langsam, obwohl alle etwas mitgenommen aussahen. Die meisten schauten vorsichtig in Freds Richtung. Ich warf ebenfalls einen Blick auf seinen Hinterkopf, konnte allerdings nichts erkennen. Schnell guckte ich wieder weg. Wenn ich Fred ansah, wurde mir erneut übel.

»Ruhe.«

Die tiefe Stimme gehörte Fred. Ich hatte ihn bisher nie etwas sagen hören. Alle starrten ihn an und blickten dann sofort weg, als der Ekel zurückkehrte.

Fred wollte also nur seine Ruhe und seinen Frieden haben. Egal. Immerhin hatte es mir das Leben gerettet. Höchstwahrscheinlich würde sich Raoul noch vor dem Morgengrauen über irgendetwas anderes ärgern und seine Wut an jemandem in seiner Nähe abreagieren. Und Riley kehrte am Ende der Nacht immer zurück. Er würde erfahren, dass Diego in seiner Höhle gewesen und nicht draußen von der Sonne verbrannt worden war, und dann hätte Raoul keine Ausrede mehr, wenn er Diego oder mich angriff.

Das hoffte ich zumindest. Und in der Zwischenzeit fiel Diego und mir vielleicht etwas ein, wie wir Raoul aus dem Weg gehen konnten.

Für einen kurzen Moment schien es mir, als entginge mir die offensichtliche Lösung. Aber bevor ich dahinterkommen konnte, wurden meine Gedanken unterbrochen.

»Entschuldigung.«

Das tiefe, leise Murmeln konnte nur von Fred stammen. Es sah aus, als wäre ich die Einzige, die nah genug war, um es wirklich hören zu können. Redete er mit mir?

Ich sah ihn erneut an, aber diesmal spürte ich nichts.

Ich konnte sein Gesicht nicht sehen – er hatte mir immer noch den Rücken zugekehrt. Er hatte dichtes, gewelltes blondes Haar. Das war mir bisher nicht aufgefallen, trotz der vielen Tage, die ich mich in seinem Schatten versteckt hatte. Riley hatte Recht, wenn er sagte, dass Fred außergewöhnlich war. Abstoßend, aber wirklich außergewöhnlich. Hatte Riley eine Ahnung, dass Fred so … so mächtig war? Er war in der Lage, ein ganzes Zimmer voller Vampire im Nu zu überwältigen.

Obwohl ich seinen Gesichtsausdruck nicht sehen konnte, hatte ich das Gefühl, dass Fred auf eine Antwort wartete.

»Äh, du musst dich nicht entschuldigen«, hauchte ich beinahe lautlos. »Danke.«

Fred zuckte die Achseln.

Und dann stellte ich fest, dass ich ihn nicht mehr ansehen konnte.

Die Stunden verstrichen langsamer als sonst, während ich darauf wartete, dass Raoul zurückkam. Von Zeit zu Zeit versuchte ich Fred wieder anzusehen – an dem Schutzschild vorbei, den er sich geschaffen hatte –, aber ich war jedes Mal angewidert. Wenn ich es zu intensiv versuchte, würde ich noch anfangen zu würgen.

Über Fred nachzudenken war eine gute Möglichkeit, nicht über Diego nachzudenken. Ich versuchte so zu tun, als wäre es mir egal, wo im Raum er sich befand. Ich sah ihn nicht an, konzentrierte mich aber auf das Geräusch seines

Atems – seinen unverwechselbaren Rhythmus. Ich wollte unbedingt mit ihm in Verbindung bleiben. Er saß am mir entgegengesetzten Ende des Zimmers und hörte seine CDs auf einem Laptop. Oder vielleicht tat er auch nur so, als ob er sie hörte, genau wie ich nur so tat, als ob ich die Bücher aus dem feuchten Rucksack über meiner Schulter las. In meinem üblichen Tempo blätterte ich die Seiten um, aber ich nahm nichts auf. Ich wartete auf Raoul.

Zum Glück kam Riley als Erster. Raoul und Konsorten waren direkt hinter ihm, aber weniger laut und unausstehlich als sonst. Vielleicht hatte Fred ihnen ein bisschen Respekt beigebracht.

Aber vermutlich eher nicht. Es war wahrscheinlicher, dass Fred sie einfach wütend gemacht hatte. Ich hoffte wirklich, dass Freds Wachsamkeit nie nachließ.

Riley ging direkt zu Diego; ich hatte ihnen den Rücken zugekehrt und lauschte, während ich die Augen auf mein Buch geheftet hielt. Aus den Augenwinkeln sah ich einige von Raouls Idioten herumstreifen und nach ihren Lieblingsspielen Ausschau halten oder danach, womit sie gerade beschäftigt gewesen waren, bevor Fred sie vertrieben hatte. Kevin war einer von ihnen, aber er schien nach etwas anderem zu suchen als bloßer Unterhaltung. Mehrmals suchte sein Blick die Stelle, wo ich saß, aber Freds Aura hielt ihn auf Abstand. Als er nach ein paar Minuten aufgab, sah er aus, als wäre ihm leicht übel.

»Ich hab gehört, du hast es geschafft«, sagte Riley und

klang ernsthaft erfreut. »Auf dich kann ich immer zählen, Diego.«

»Kein Problem«, sagte Diego gelassen. »Wenn die Tatsache, dass ich den ganzen Tag den Atem angehalten habe, nicht dagegenspricht.«

Riley lachte. »Lass es nächstes Mal nicht so knapp werden. Sei den Kleinen ein besseres Vorbild.«

Diego lachte einfach mit ihm. Soweit ich es aus den Augenwinkeln erkennen konnte, hatte ich den Eindruck, dass sich Kevin etwas entspannte. Hatte er sich wirklich so große Sorgen gemacht, dass Diego ihn in Schwierigkeiten bringen würde? Vielleicht hörte Riley mehr auf Diego, als mir bewusst war. Ich fragte mich, ob Raoul deswegen vorhin so ausgerastet war.

War es gut, dass Diego so eng mit Riley war? Vielleicht war Riley ja in Ordnung. Ihre Beziehung beeinträchtigte schließlich nicht das, was zwischen uns war, oder?

Auch als die Sonne aufgegangen war, verstrich die Zeit nicht schneller. Im Keller war es wie immer zu voll und die Stimmung war viel zu aufgeladen. Wenn Vampire heiser werden könnten, hätte Riley vom vielen Schreien längst seine Stimme komplett eingebüßt. Ein paar der jungen Vampire verloren vorübergehend einige Gliedmaßen, aber niemand ging in Flammen auf. Die Musik dröhnte gegen den Soundtrack der Spiele an und ich war froh, dass ich keine Kopfschmerzen bekommen konnte. Ich versuchte meine Bücher zu lesen, aber schließlich blätterte ich nur eins nach dem anderen durch, da ich mich nicht stark genug dafür interessierte, um meinen Blick tatsächlich auf die Wörter zu konzentrieren. Ich ließ sie auf einem ordentlichen Stapel am Ende des Sofas für Fred liegen. Ich ließ meine Bücher immer für ihn liegen, obwohl ich nicht wusste, ob er sie las. Ich konnte ihn mir nicht genau genug ansehen, um festzustellen, was er eigentlich mit seiner Zeit anfing.

Wenigstens sah Raoul nie zu mir her. Und auch Kevin nicht oder einer der anderen. Mein Versteck war so gut wie immer. Ich wusste nicht, ob Diego schlau genug war, mich zu ignorieren, weil ich *ihn* so geflissentlich ignorierte. Niemand konnte auf den Gedanken kommen, dass wir ein Team waren, außer vielleicht Fred. Hatte Fred gemerkt, dass ich mich darauf vorbereitet hatte, an Diegos Seite zu kämpfen? Selbst wenn, schien er sich nicht groß darum zu kümmern. Wenn Fred mir gegenüber feindselig eingestellt wäre, hätte er mich letzte Nacht sterben lassen können. Das wäre einfach gewesen.

Als die Sonne unterzugehen begann, wurde es noch lauter. Wir konnten hier unten zwar nicht sehen, wie das Licht schwächer wurde, weil all die Fenster oben vorsichtshalber abgedunkelt worden waren. Aber wenn man so viele Tage wartend verbrachte, entwickelte man ein gutes Gefühl dafür, wann einer beinahe um war. Die Vampire wurden langsam unruhig und nervten Riley damit, endlich rauszukönnen.

»Kristie, du warst gestern Nacht draußen«, sagte Riley und man hörte seiner Stimme an, dass er mit seiner Geduld langsam am Ende war. »Heather, Jim, Logan – los mit euch. Warren, deine Augen sind dunkel, du gehst mit ihnen. Hey, Sara, ich bin nicht blind – komm zurück.«

Diejenigen, die er zurückwies, schmollten in den Ecken, und einige warteten nur darauf, dass Riley verschwand, um sich trotz seines Verbots rauszuschleichen.

»Äh, Fred, ich glaube, du bist auch mal wieder dran«, sagte Riley, ohne in unsere Richtung zu blicken. Ich hörte, wie Fred seufzte, als er aufstand. Alle schauderten, als er mitten durch den Raum ging, sogar Riley. Aber im Unterschied zu den anderen lächelte Riley leicht vor sich hin. Er mochte seinen begabten Vampir.

Jetzt, wo Fred weg war, fühlte ich mich ganz nackt. Alle konnten mich sehen. Ich saß mucksmäuschenstill mit gesenktem Kopf da und tat alles, was in meiner Macht stand, um keine Aufmerksamkeit zu erregen.

Glücklicherweise hatte Riley es heute Nacht eilig. Er nahm sich auf dem Weg nach draußen kaum die Zeit, den Leuten, die eindeutig näher zur Tür rückten, böse Blicke zuzuwerfen, geschweige denn, ihnen zu drohen. Normalerweise hätte er uns irgendeine Variante seiner üblichen Rede darüber gehalten, dass wir nicht auffallen sollten, aber heute Nacht nicht. Er wirkte besorgt, fast ängstlich. Ich hätte wetten können, dass er sich mit *ihr* traf. Jetzt hatte ich, wenn das möglich war, nur noch weniger Lust, ihn im Morgengrauen abzufangen.

Ich wartete, bis Kristie und drei ihrer üblichen Gefährten sich auf den Weg nach draußen machten, und schlüpfte hinter ihnen hinaus, wobei ich versuchte auszusehen wie ein Teil ihres Gefolges, ohne sie dadurch gegen mich aufzubringen. Ich sah weder Raoul noch Diego an, sondern konzentrierte mich darauf, unbedeutend zu wirken – niemand, auf den man achten musste. Nur irgendein beliebiges Vampirmädchen.

Sobald wir das Haus verlassen hatten, trennte ich mich unverzüglich von Kristie und verschwand im Wald. Ich hoffte, dass Diego der Einzige wäre, der sich genug für mich interessierte, um meinem Geruch zu folgen. Als ich den nächstgelegenen Berg halb rauf war, ließ ich mich in den oberen Zweigen einer großen Fichte nieder, die mehrere Meter von ihren Nachbarn entfernt stand. Von hier aus hatte ich eine ziemlich gute Sicht auf jeden, der versuchen sollte, mich zu verfolgen.

Es stellte sich heraus, dass ich übervorsichtig gewesen war. Vielleicht war ich den ganzen Tag über zu besorgt gewesen. Diego war der Einzige, der nach mir suchte. Ich sah ihn schon von weitem und folgte meiner Spur zurück zu ihm.

»Was für ein langer Tag!«, sagte er, als er mich umarmte. »Dein Plan ist ganz schön hart.«

Ich umarmte ihn auch und staunte, wie schön das war. »Vielleicht leide ich bloß unter Verfolgungswahn.«

»Tut mir leid wegen Raoul. Das war knapp.«

Ich nickte. »Zum Glück ist Fred so widerlich.«

»Ich frage mich, ob Riley klar ist, *wie* fähig der Typ ist.«

»Das bezweifle ich. So was hab ich Fred noch nie machen sehen und ich verbringe ziemlich viel Zeit in seiner Nähe.«

»Na ja, das ist Freaky Freds Angelegenheit. Wir haben unser eigenes Geheimnis, von dem wir Riley erzählen sollten.«

Ich schauderte. »Ich bin mir immer noch nicht so sicher, ob das eine gute Idee ist.«

»Das werden wir erst wissen, wenn wir sehen, wie Riley reagiert.«

»Ganz generell gefällt es mir nicht, etwas nicht zu wissen.«

Diegos Augen wurden schmal. Er schien nachzudenken. »Wie stehst du zu Abenteuern?«

»Kommt drauf an.«

»Nun, ich dachte da an unseren Klub, weißt du, und daran, so viel wie möglich herauszufinden.«

»Und …?«

»Ich glaube, wir sollten Riley folgen. Rauskriegen, was er vorhat.«

Ich starrte ihn an. »Aber er wird merken, dass wir seiner Spur gefolgt sind. Er wird uns riechen.«

»Ich weiß. Deshalb hab ich mir das so gedacht: Ich folge seinem Geruch. Du hältst ein paar Hundert Meter Abstand und folgst mir nach Gehör. So weiß Riley nur, dass *ich* ihm gefolgt bin, und ich kann ihm sagen, dass ich ihm etwas Wichtiges erzählen will. Dann kommt die große Enthüllung mit dem Discokugel-Effekt. Und ich werde sehen, was er dazu sagt.« Er musterte mich mit zusammengekniffenen Augen. »Aber du … du lässt dir erst mal nicht in die Karten schauen, okay? Ich sag dir Bescheid, falls er es locker nimmt.«

»Und was, wenn er schon bald von da zurückkommt, wo er gerade ist? Wolltest du nicht bis zum Morgengrauen warten, damit du es ihm vorführen kannst?«

»Ja … das ist möglicherweise in der Tat ein Problem. Und wer weiß, wie er darauf reagiert. Aber ich glaube, wir sollten es riskieren. Er schien es heute Nacht eilig zu haben, stimmt's? So, als brauchte er die ganze Nacht für das, was er vorhat.«

»Vielleicht. Oder er hatte es nur so eilig, *sie* zu treffen. Weißt du, es wäre vielleicht nicht so toll, ihn zu überraschen, wenn *sie* in der Nähe ist.« Wir zuckten beide zusammen.

»Stimmt. Trotzdem …« Diego runzelte die Stirn. »Hast du nicht das Gefühl, dass das, was auch immer sie vorhaben, näher rückt? Dass wir vielleicht nicht ewig Zeit haben, es herauszufinden?«

Ich nickte unglücklich. »Doch, das hab ich.«

»Dann sollten wir es drauf ankommen lassen. Riley vertraut mir und ich habe einen guten Grund, weshalb ich mit ihm reden will.«

Ich dachte über diese Strategie nach. Obwohl ich ihn erst seit einem Tag wirklich kannte, war ich mir sicher, dass dieser Grad an Vorsicht ungewöhnlich für Diego war.

»Dein ausgefeilter Plan da …«, sagte ich.

»Was ist damit?«, fragte er.

»Klingt irgendwie ziemlich nach einem Alleingang. Und nicht so sehr nach einem gemeinsamen Abenteuer. Zumindest da, wo es gefährlich wird.«

Er zog eine Grimasse, die mir verriet, dass ich ihn durchschaut hatte.

»Es ist meine Idee. Ich bin derjenige, der Riley …« Er zögerte; das nächste Wort auszusprechen fiel ihm schwer. »… traut. So bin ich der Einzige, der riskiert, es sich mit ihm zu verderben, wenn ich mich irre.«

Trotz meiner Feigheit zog das bei mir nicht. »So funktionieren Klubs aber nicht.«

Er nickte, seine Miene war undurchschaubar. »Okay, wir denken darüber nach, wenn's so weit ist.«

Ich glaubte nicht, dass er das ernst meinte.

»Bleib in den Bäumen und folg mir von oben, okay?«, sagte er.

»Okay.«

Er machte sich schnell auf den Weg zurück zum Blockhaus. Ich folgte ihm in den Baumwipfeln, deren Zweige meist so dicht beieinander waren, dass ich nur selten wirklich von einem Baum zum anderen springen musste. Ich versuchte, so vorsichtig wie möglich voranzukomen in der Hoffnung, dass das Nachgeben der Äste unter meinem Gewicht wie Wind aussehen würde. Die Nacht war böig, das konnte hilfreich sein. Es war kalt, dafür dass Sommer war. Nicht, dass mich die Temperatur kümmerte.

Vor dem Haus fand Diego Rileys Geruch problemlos und folgte ihm schnell in großen Sätzen, während ich mehrere Meter hinter ihm und ungefähr hundert Meter nördlich, etwas weiter oben am Abhang als er, hinterherjagte. Wenn die Bäume sehr dicht standen, rüttelte er dann und wann an einem Stamm, damit ich seine Spur nicht verlor.

Nur ungefähr eine Viertelstunde lang ging es so, Diego rannte und ich flog als personifiziertes Eichhörnchen hinterher, dann merkte ich, wie Diego langsamer wurde. Wir mussten in Rileys Nähe sein. Ich stieg höher in die Äste auf der Suche nach einem Baum mit guter Aussicht. Ich kletterte auf einen, der über die umstehenden Bäume hinausragte, und betrachtete aufmerksam die Umgebung.

Weniger als achthundert Meter entfernt befand sich eine große Lücke zwischen den Bäumen, eine etwa einen Hektar große freie Fläche. Ungefähr in der Mitte der Lichtung, etwas näher an den Bäumen an seiner Ostseite, stand etwas, das aussah wie ein überdimensioniertes Lebkuchenhaus. Es war leuchtend rosa, grün und weiß gestrichen und mit pompösen Verzierungen an jeder erdenklichen Ecke so überladen, dass es schon fast lächerlich wirkte. In einer entspannteren Situation hätte ich darüber gelacht.

Riley war nirgendwo zu sehen, aber Diego hatte da unten jetzt ganz angehalten, daher nahm ich an, dass das der Endpunkt unserer Verfolgungsjagd war. Vielleicht war dies das Ersatzhaus, das Riley für den Fall vorbereitete, dass das große Blockhaus zerstört wurde. Allerdings war es kleiner als alle anderen Häuser, in denen wir bisher gewohnt hatten, und es sah nicht so aus, als ob es einen Keller hätte. Außerdem war es sogar noch weiter von Seattle entfernt als das letzte.

Diego schaute zu mir hoch und ich winkte ihn zu mir heran. Er nickte und folgte seiner Spur ein Stück zurück. Dann machte er einen riesigen Satz – ich fragte mich, ob ich es geschafft hätte, so hoch zu springen, obwohl ich so jung und stark war – und erwischte einen Ast ungefähr auf halber Höhe des nächstgelegenen Baums. Nur jemand, der extrem aufmerksam war, hätte bemerkt, dass Diego seinen Weg verlassen hatte. Trotzdem sprang er noch ein bisschen in den Baumkronen hin und her, um sicherzustellen, dass seine Spur nicht direkt zu mir führte.

Als er schließlich beschlossen hatte, dass es sicher sei, zu mir zu kommen, nahm er gleich meine Hand. Ich machte schweigend eine Kopfbewegung zu dem Lebkuchenhaus hin. Einer seiner Mundwinkel zuckte nach oben.

Gemeinsam schlichen wir uns hoch oben in den Bäumen an die Ostseite des Hauses an. Wir näherten uns, so weit wir uns heran wagten – ein paar Bäume zwischen dem Haus und uns mussten als Deckung dienen –, dann saßen wir schweigend da und lauschten.

Der Wind schien auf unserer Seite zu sein, er ließ nach, so dass wir etwas hören konnten. Ein eigenartiges leises Reiben und Klicken. Erst erkannte ich die Geräusche nicht, aber dann verzog Diego seinen Mund erneut zu einem kleinen Lächeln, schürzte die Lippen und küsste lautlos zwischen uns in die Luft.

Küsse zwischen Vampiren klangen nicht so wie bei Menschen. Es gab keine weichen, prallen, mit Flüssigkeit gefüllten Lippen, die man aneinanderpressen konnte. Nur solche aus Stein, ohne Elastizität. Und obwohl ich selbst schon gehört hatte, wie ein Kuss zwischen Vampiren klang – als Diego letzte Nacht meine Lippen berührt hatte –, hätte ich nie die Verbindung gezogen. Es war so weit von dem entfernt, was ich hier zu finden erwartet hatte.

Das schien alles, was ich bisher gedacht hatte, über den Haufen zu werfen. Ich war mir zwar sicher gewesen, dass Riley sich mit *ihr* treffen wollte – ob er Anweisungen entgegennehmen oder ihr Neuzugänge bringen wollte, wusste ich nicht –, aber ich hätte nie gedacht, hier auf eine Art … Liebesnest zu stoßen. Wie konnte Riley *sie* küssen? Ich schauderte und warf Diego einen Blick zu. Er sah ebenfalls ziemlich entsetzt aus, aber zuckte nur die Achseln.

Ich dachte an jene letzte Nacht als Mensch zurück und

fuhr unwillkürlich zusammen, als ich mich an das heftige Brennen erinnerte. Ich versuchte mir durch all die verschwommenen Bilder hindurch die Augenblicke direkt davor ins Gedächtnis zu rufen ... Erst war da die schleichende Angst gewesen, die zugenommen hatte, als Riley vor dem dunklen Haus hielt; das Gefühl der Sicherheit, das ich in dem hell erleuchteten Hamburger-Restaurant noch gehabt hatte, hatte sich in nichts aufgelöst. Ich hatte nicht aussteigen wollen, war von ihm weggerückt, aber dann hatte er meinen Arm mit stählernem Griff gepackt und mich aus dem Auto gerissen, als wäre ich eine gewichtslose Puppe. Entsetzen und Fassungslosigkeit, als er die zehn Meter bis zum Eingang mit einem Satz überwand. Entsetzen und dann Schmerz, der keinen Raum mehr für Fassungslosigkeit ließ, als er mir den Arm brach, während er mich durch die Tür in das dunkle Haus zerrte. Und dann die Stimme.

Als ich mich auf die Erinnerung konzentrierte, konnte ich sie erneut hören. Ein hoher Singsang wie von einem kleinen Mädchen, aber mürrisch. Ein zorniges Kind.

Ich wusste noch, was sie gesagt hatte. »Was soll ich denn mit der? Sie ist zu klein.« Irgendwas in der Art jedenfalls. Die Wörter mochten vielleicht nicht genau dieselben gewesen sein, aber das hatte sie gemeint.

Und Riley hatte sich angehört, als wäre er eifrig darauf bedacht, sie zufriedenzustellen, als hätte er Angst, sie zu enttäuschen. »Immerhin ist sie einer mehr. Zumindest eine zusätzliche Ablenkung.«

Ich glaube, da hatte ich gewimmert, und er hatte mich schmerzhaft geschüttelt, aber nicht mehr mit mir gesprochen. Es war, als wäre ich ein Hund, kein Mensch.

»Die ganze Nacht war umsonst«, hatte sich die Kinderstimme beklagt. »Ich habe sie alle umgebracht. Ah!«

Ich erinnerte mich, dass das Haus da erschüttert worden war, als wäre ein Auto dagegengedonnert. Jetzt wurde mir klar, dass sie wahrscheinlich nur frustriert nach irgendetwas getreten hatte.

»Na gut. Ich schätze mal, die Kleine ist besser als gar nichts, wenn sie das Beste ist, was du auftreiben konntest. Und ich bin jetzt so satt, dass ich eigentlich in der Lage sein müsste, rechtzeitig aufzuhören.«

Da verschwanden Rileys harte Finger und ließen mich mit der Stimme allein. Ich war so voller Angst, dass ich keinen Laut von mir gab, sondern nur die Augen schloss, obwohl ich in der Dunkelheit sowieso vollkommen blind war. Ich schrie erst, als etwas in meinen Hals schnitt und brannte wie eine Klinge, die mit Säure getränkt war.

Ich schreckte vor der Erinnerung zurück und versuchte an das, was dann folgte, gar nicht erst zu denken. Stattdessen konzentrierte ich mich auf jenes kurze Gespräch. Sie hatte nicht geklungen, als würde sie sich mit ihrem Geliebten oder auch nur ihrem Freund unterhalten. Eher so, als unterhielte sie sich mit einem Angestellten. Einem, den sie nicht besonders mochte und vielleicht bald rausschmeißen würde.

Aber die seltsamen Geräusche sich küssender Vampire dauerten an. Irgendjemand seufzte zufrieden.

Ich sah Diego stirnrunzelnd an. Das half uns nicht weiter. Wie lange würden wir wohl bleiben müssen?

Er legte nur den Kopf zur Seite und lauschte aufmerksam.

Und nach ein paar Minuten Geduld wurden die seltsamen Geräusche plötzlich unterbrochen.

»Wie viele?«

Die Stimme klang wegen der Entfernung gedämpft, war aber immer noch gut zu verstehen. Und zu erkennen. Hoch, beinahe ein Trillern. Wie ein verzogenes kleines Mädchen.

»Zweiundzwanzig«, antwortete Riley stolz.

Diego und ich wechselten einen vielsagenden Blick. Wir waren zweiundzwanzig, zumindest bei der letzten Zählung. Sie mussten von uns sprechen.

»Ich dachte, ich hätte schon wieder zwei an die Sonne verloren, aber einer meiner älteren Jungs ist wirklich … gehorsam«, fuhr Riley fort. Seine Stimme nahm beinahe einen liebevollen Klang an, als er Diego als seinen *Jungen* bezeichnete. »Er hat ein unterirdisches Versteck – da ist er zusammen mit einer von den Jüngeren untergekrochen.«

»Bist du sicher?«

Es herrschte ein langes Schweigen, diesmal ohne irgendwelche seltsamen Geräusche. Sogar aus dieser Entfernung hatte ich den Eindruck, eine gewisse Spannung wahrnehmen zu können.

»Ja. Er ist ein guter Junge. Ich bin sicher.«

Erneut angespanntes Schweigen. Ich verstand ihre Frage nicht. Was meinte sie damit, *bist du sicher*? Glaubte sie, er hätte die Geschichte von jemand anderem gehört und Diego gar nicht selbst gesehen?

»Zweiundzwanzig ist gut«, sagte sie nachdenklich und die Spannung schien sich aufzulösen. »Wie machen sie sich? Einige von ihnen sind fast ein Jahr alt. Läuft alles noch nach dem normalen Muster?«

»Ja«, sagte Riley. »Alles, was du mir gesagt hast, funktioniert einwandfrei. Sie denken nicht nach – sie tun nur, was sie schon immer getan haben. Ich kann sie jederzeit mit ihrem Durst ablenken. Er hält sie unter Kontrolle.«

Ich sah Diego stirnrunzelnd an. Riley wollte nicht, dass wir nachdachten. Warum nicht?

»Das hast du wirklich gut gemacht«, schmeichelte unsere Schöpferin und dann hörte man wieder einen Kuss. »Zweiundzwanzig!«

»Ist es so weit?«, fragte Riley eifrig.

Ihre Antwort kam schnell wie eine Ohrfeige. »Nein! Ich habe noch nicht entschieden, wann es so weit ist.«

»Das verstehe ich nicht.«

»Musst du auch nicht. Es reicht, wenn du weißt, dass unsere Feinde über mächtige Fähigkeiten verfügen. Wir können gar nicht vorsichtig genug sein.« Ihre Stimme wurde sanft und wieder honigsüß. »Aber alle zweiundzwanzig sind noch am Leben. Was nützen *ihnen* all ihre Fähigkeiten schon gegen zweiundzwanzig?« Sie stieß ein glockenhelles kleines Lachen aus.

Diego und ich hatten uns die ganze Zeit über angeschaut und ich konnte in seinen Augen sehen, dass er dasselbe dachte wie ich. Ja, wir waren für einen Zweck erschaffen worden, genau wie wir angenommen hatten. Wir hatten einen Feind. Oder unsere Schöpferin hatte einen Feind. Machte das einen Unterschied?

»Entscheidungen, Entscheidungen«, murmelte sie. »Noch nicht. Vielleicht noch eine Handvoll mehr, nur zur Sicherheit.«

»Noch mehr hinzuzufügen, würde unsere Anzahl letzten Endes womöglich sogar verringern«, warnte Riley zögernd, als gäbe er sich Mühe, sie nicht zu verärgern. »Es führt immer zu Unruhe, wenn eine neue Gruppe dazukommt.«

»Stimmt«, pflichtete sie ihm bei und ich stellte mir vor, wie Riley erleichtert seufzte, weil sie nicht verärgert war.

Plötzlich wandte Diego den Blick von mir ab und starrte über die Wiese. Ich hatte zwar keine Geräusche im Haus wahrgenommen, aber vielleicht waren sie herausgetreten. Mein Kopf fuhr herum, während mein restlicher Körper erstarrte, und ich sah, was Diego erschreckt hatte.

Vier Gestalten näherten sich dem Haus. Sie hatten die Lichtung an der Westseite betreten, an der Stelle, die am weitesten von unserem Versteck entfernt lag. Sie trugen alle lange, dunkle Umhänge mit großen Kapuzen, so dass ich zunächst dachte, es seien Menschen. Eigenartige Menschen, aber trotzdem einfach nur Menschen, denn keiner der Vampire, die ich kannte, trug passende Gothic-Klamotten. Und niemand bewegte sich auf so geschmeidige, kontrollierte und … elegante Weise. Aber dann wurde mir bewusst, dass erst recht kein Mensch in der Lage war, sich so zu bewegen, vor allem nicht so leise. Die dunklen Umhänge glitten vollkommen lautlos durch das lange Gras. Also waren das entweder Vampire oder irgendetwas anderes Übernatürliches. Geister vielleicht. Aber wenn es Vampire waren, waren es Vampire, die ich nicht kannte, und das hieß, es konnten sehr gut die Feinde sein, von denen *sie* gesprochen hatte. Wenn dem so war, mussten wir unbedingt sofort von hier verschwinden, denn wir hatten im Moment nicht zwanzig weitere Vampire an unserer Seite.

Da wäre ich am liebsten geflohen, aber ich hatte zu große Angst, die Aufmerksamkeit der Gestalten in den Umhängen auf mich zu ziehen.

Also beobachtete ich, wie sie sich geschmeidig vorwärtsbewegten, und nahm noch mehr Einzelheiten an ihnen wahr. Dass sie die ganze Zeit eine perfekte rautenförmige Formation beibehielten, die nicht das kleinste bisschen verrutschte, egal, wie sich der Boden unter ihren Füßen veränderte. Dass die Gestalt an der Spitze der Raute viel kleiner war als die anderen und ihr Umhang dunkler. Dass sie offenbar ihren Weg nicht anhand einer Spur fanden – nicht versuchten, der Fährte eines Geruchs zu folgen. Sie kannten den Weg. Vielleicht waren sie eingeladen.

Sie bewegten sich direkt auf das Haus zu und als sie schweigend die Treppe zur Haustür hochstiegen, hatte ich das Gefühl, es wäre vielleicht wieder sicher, zu atmen. Zumindest hatten sie es nicht direkt auf Diego oder mich abgesehen. Sobald sie nicht mehr zu sehen waren, konnten wir im Schutz des nächsten Windstoßes in den Bäumen verschwinden und sie würden nie erfahren, dass wir hier gewesen waren.

Ich sah Diego an und machte eine leichte Kopfbewegung in die Richtung, aus der wir gekommen waren. Seine Augen wurden schmal und er hob einen Finger. Na, großartig, er wollte noch bleiben. Ich verdrehte die Augen, obwohl ich solche Angst hatte, dass es mich überraschte, überhaupt zu Sarkasmus in der Lage zu sein.

Wir sahen beide wieder zum Haus hinüber. Die Gestalten in den Umhängen waren schweigend eingetreten, und mir wurde bewusst, dass weder *sie* noch Riley gesprochen hatten, seit wir die Besucher erblickt hatten. Sie mussten etwas gehört oder auf irgendeine andere Art gewusst haben, dass sie in Gefahr schwebten.

»Gebt euch keine Mühe«, befahl eine sehr klare, tonlose Stimme ruhig. Sie war nicht so hoch wie die unserer Schöpferin, klang in meinen Ohren aber trotzdem mädchenhaft. »Ich glaube, ihr wisst, wer wir sind, also müsstet ihr auch wissen, dass es keinen Zweck hat, zu versuchen uns zu hintergehen. Oder sich vor uns zu verstecken. Oder gegen uns zu kämpfen. Oder wegzurennen.«

Ein tiefes, männliches Lachen, das nicht Riley gehörte, hallte bedrohlich durch das Haus.

»Ganz ruhig«, sagte die erste, monotone Stimme – das Mädchen. Ihre Stimme hatte den unverwechselbaren Klang, der mich sicher sein ließ, dass sie ein Vampir war und kein Geist oder irgendein anderer Albtraum. »Wir sind nicht hergekommen, um euch zu vernichten. Noch nicht.«

Einen Augenblick lang herrschte Schweigen und dann hörte man, kaum wahrnehmbar, wie jemand seine Position veränderte.

»Wenn ihr nicht hier seid, um uns zu töten, warum dann?«, fragte unsere Schöpferin angespannt und schrill.

»Wir versuchen herauszufinden, was deine Absichten hier sind. Insbesondere, ob sie einen gewissen … hier ansässigen Zirkel betreffen«, erklärte das Mädchen im Umhang. »Wir fragen uns, ob sie irgendetwas mit dem Chaos zu tun haben, das ihr hier verursacht habt. *Illegalerweise* verursacht.«

Diego und ich runzelten gleichzeitig die Stirn. Nichts davon ergab einen Sinn, aber der letzte Teil war der eigenartigste. Was konnte für Vampire illegal sein? Welcher Polizist, welcher Richter, welches Gefängnis konnte Macht über uns ausüben?

»Ja«, zischte unsere Schöpferin. »Meine Pläne hängen *alle* mit ihnen zusammen. Aber wir können noch nichts unternehmen. Es ist kompliziert.« Ein verdrießlicher Tonfall schlich sich in ihre Stimme.

»Glaub mir, wir kennen die Schwierigkeiten besser als du. Es ist bemerkenswert, dass ihr es überhaupt so lange geschafft habt, nicht auf dem Radar zu erscheinen, um es mal so auszudrücken. Sag mal« – ein Anflug von Interesse färbte die gleichbleibende Stimmlage –, »wie machst du das?«

Unsere Schöpferin zögerte, dann sprach sie sehr schnell, fast so, als sei sie lautlos eingeschüchtert worden. »Ich habe die Entscheidung noch nicht getroffen«, stieß sie hervor. Dann fügte sie langsamer, widerstrebend hinzu: »Die Entscheidung, anzugreifen. Ich habe bisher nicht entschieden, irgendetwas gegen sie zu unternehmen.«

»Einfach, aber wirkungsvoll«, sagte das Mädchen im Umhang. »Leider ist die Zeit des Abwägens jetzt zu Ende. Du musst dich entscheiden – und zwar jetzt –, was du mit deiner kleinen Armee anfangen willst.« Sowohl Diego als auch ich bekamen große Augen bei dem Wort *Armee*. »Anderenfalls ist es unsere Pflicht, dich zu bestrafen, so, wie das Gesetz es verlangt. Dir überhaupt eine Gnadenfrist einzuräumen, auch wenn sie kurz ist, gefällt mir nicht. Das ist nicht unsere Art. Ich möchte dir dringend nahelegen, uns deine Zusicherung zu geben … und zwar schnell.«

»Wir legen sofort los!«, bot Riley ängstlich an, woraufhin ein scharfes Zischen zu hören war.

»Wir legen so bald wie möglich los«, korrigierte unsere Schöpferin wütend. »Es gibt viel zu tun. Ich gehe davon aus, dass ihr auch wollt, dass wir Erfolg haben? Dann brauche ich ein bisschen Zeit, um sie zu trainieren, einzuweisen und mit Nahrung zu versorgen!«

Es herrschte kurzes Schweigen.

»Fünf Tage. Dann kommen wir wieder. Und es gibt keinen Felsen, unter dem du dich verstecken könntest, und keine Geschwindigkeit, mit der du fliehen könntest, um dich vor uns in Sicherheit zu bringen. Wenn du bis dahin deinen Angriff nicht ausgeführt hast, wirst du brennen.« Dieser Satz hatte nichts Bedrohliches an sich außer seiner absoluten Gewissheit.

»Und *wenn* ich meinen Angriff ausgeführt habe?«, fragte unsere Schöpferin nervös.

»Wir werden sehen«, antwortete das Mädchen mit dem Umhang in einem fröhlicheren Tonfall als bisher. »Ich nehme an, das hängt alles davon ab, wie erfolgreich du bist. Strengt euch an, um uns zufriedenzustellen.« Die letzte Anweisung wurde in einem ausdruckslosen, unnachgiebigen Ton erteilt, der mich innerlich eigentümlich kalt werden ließ.

»Ja«, knurrte unsere Schöpferin.

»Ja«, wiederholte Riley flüsternd.

Einen Augenblick später verließen die Vampire in den

Umhängen geräuschlos das Haus. Weder Diego noch ich holten in den fünf Minuten, nachdem sie verschwunden waren, auch nur Atem. Unsere Schöpferin und Riley im Haus waren genauso leise. Weitere zehn Minuten verstrichen in völliger Stille.

Ich berührte Diego am Arm. Das war unsere Gelegenheit, hier zu verschwinden. Im Augenblick war meine Angst vor Riley nicht mehr so groß. Ich wollte so weit wie möglich weg von den Gestalten in den dunklen Umhängen. Ich sehnte mich nach der großen Menge, die Sicherheit versprach und die im Blockhaus auf uns wartete, und ich nahm an, dass es unserer Schöpferin ganz genauso ging. Deshalb hatte sie überhaupt so viele von uns gemacht. Es gab dort draußen Dinge, die unheimlicher waren, als ich es mir hätte träumen lassen.

Diego zögerte, er lauschte immer noch, und einen Moment später wurde seine Geduld belohnt.

»Tja«, flüsterte *sie* im Haus, »jetzt wissen sie Bescheid.«

Sprach sie von den Vampiren in den Umhängen oder dem geheimnisvollen Zirkel? Wer von beiden war der Feind, den sie vor diesem kleinen Auftritt erwähnt hatte?

»Es spielt keine Rolle. Wir sind viel mehr …«

»Jede Art von Warnung spielt eine Rolle!«, unterbrach sie ihn knurrend. »Es gibt noch so viel zu tun. Nur noch fünf Tage!« Sie stöhnte. »Keine Spielereien mehr. Heute Nacht fängst du an.«

»Ich lasse dich nicht im Stich!«, versprach Riley.

Mist. Diego und ich bewegten uns gleichzeitig, sprangen von unserem Versteck aus auf den nächsten Baum und flogen geradezu den Weg zurück, den wir gekommen waren. Riley hatte es jetzt eilig und wenn er nach allem, was gerade vorgefallen war, Diegos Spur fand und keinen Diego an ihrem Ende …

»Ich muss zurück und auf ihn warten«, flüsterte Diego mir im Rennen zu. »Zum Glück endet meine Spur nicht in Sichtweite des Hauses! Er soll nicht wissen, dass ich alles gehört habe.«

»Wir sollten gemeinsam mit ihm reden.«

»Dafür ist es jetzt zu spät. Er würde merken, dass dein Geruch nicht Teil der Fährte war. Könnte verdächtig wirken.«

»Diego …« Er hatte es von Anfang an so geplant, dass ich nichts anderes tun konnte, als tatenlos zuzusehen.

Wir waren wieder an der Stelle angelangt, wo er zu mir in die Äste heraufgekommen war. Er sprach hastig und im Flüsterton.

»Wir halten an unserem Plan fest, Bree. Ich sage ihm, was ich ihm sagen wollte. Es ist noch eine Weile bis zum Morgengrauen, aber das lässt sich jetzt nicht ändern. Wenn er mir nicht glaubt …« Diego zuckte die Achseln. »Er hat im Moment größere Sorgen als meine blühende Fantasie. Vielleicht ist er jetzt sogar eher bereit, mir zuzuhören – sieht so aus, als brauchten wir jede erdenkliche Hilfe, und sich bei Tag bewegen zu können, kann da nicht schaden.«

»Diego …«, wiederholte ich, ohne zu wissen, was ich sonst sagen sollte.

Er sah mir in die Augen und ich wartete darauf, dass sich seine Lippen zu diesem leichten Lächeln verzogen, wartete darauf, dass er irgendeinen Witz über Ninjas oder Freunde fürs Leben machte.

Aber das tat er nicht. Stattdessen beugte er sich langsam vor, ohne seinen Blick von mir abzuwenden, und küsste mich. Er drückte seine glatten Lippen einen langen Moment auf meine, während wir uns ansahen.

Dann löste er sich von mir und seufzte. »Geh zurück, versteck dich hinter Fred und tu so, als hättest du keine Ahnung. Ich komme gleich nach.«

»Sei vorsichtig.«

Ich nahm seine Hand und drückte sie fest, dann ließ ich ihn los. Riley hatte voller Zuneigung von Diego gesprochen. Ich würde hoffen müssen, dass diese Zuneigung echt war. Es blieb mir nichts anderes übrig.

Diego verschwand so leise wie ein raschelnder Windstoß zwischen den Bäumen. Ich verschwendete keine Zeit damit, ihm nachzusehen. Auf direktem Weg rannte ich durch die Äste zurück zum Haus. Ich hoffte, dass meine Augen von der gestrigen Mahlzeit immer noch hell genug waren, um meine Abwesenheit zu erklären. Nur eine schnelle Jagd. Glück gehabt – hab einen einsamen Wanderer gefunden. Nichts Besonderes.

Das Geräusch der wummernden Musik, die mir entgegenschlug, als ich näher kam, wurde von dem unverwechselbaren süßlichen Rauchgeruch eines verbrennenden Vampirs begleitet. Meine Panik verstärkte sich noch. Die Wahrscheinlichkeit, im Haus zu sterben, war genauso hoch, wie die, hier draußen zu sterben. Aber ich hatte keine Wahl. Ich wurde nicht langsamer, sondern raste die Treppe hinunter direkt in die Ecke, wo ich undeutlich Freaky Fred stehen sah. Der nach etwas Ausschau hielt? Das Sitzen satthatte? Ich hatte keine Ahnung, was in ihm vorging, und es war mir auch egal. Ich würde in seiner Nähe bleiben, bis Riley und Diego zurückkamen.

Mitten auf dem Boden lag ein schwelender Haufen, der zu groß war, um nur ein Bein oder ein Arm gewesen zu sein. Das war's also wohl mit Rileys zweiundzwanzig.

Niemand schien sich groß über die qualmenden Reste aufzuregen. Der Anblick war zu gewohnt.

Als ich schnell näher an Fred heranrückte, wurde das Ekelgefühl ausnahmsweise nicht stärker. Im Gegenteil, es nahm ab. Er schien mich nicht zu bemerken, sondern las einfach in dem Buch weiter, das er in der Hand hielt. Es war eins von denen, die ich vor ein paar Tagen für ihn hatte liegen lassen. Ich hatte keine Schwierigkeiten zu sehen, was er tat, jetzt, da ich so dicht bei ihm stand, dort wo er sich an die Rückseite des Sofas lehnte. Ich zögerte und fragte mich, warum das so war. Konnte er dieses Übelkeitsding abstellen, wenn er wollte? Bedeutete das, dass wir im Moment beide ungeschützt waren? Glücklicherweise war wenigstens Raoul noch nicht zurück, Kevin allerdings schon.

Zum ersten Mal überhaupt konnte ich genau erkennen, wie Fred aussah. Er war groß, vielleicht eins neunzig, mit den dichten blonden Locken, die mir schon mal aufgefallen waren. Seine Schultern waren breit und sein Oberkörper muskulös. Er sah älter aus als die meisten anderen – wie ein Student, nicht wie ein Schüler. Und – das überraschte mich aus irgendeinem Grund am meisten – er sah gut aus. Genauso gut wie jeder andere, vielleicht sogar besser als die meisten. Ich wusste nicht, warum ich das so erstaunlich fand. Wahrscheinlich, weil ich ihn immer mit Abscheu in Verbindung gebracht hatte.

Ich fühlte mich unwohl dabei, ihn so anzustarren, und blickte mich schnell im Zimmer um, um zu sehen, ob jemand von den anderen bemerkt hatte, dass Fred im Moment normal – und hübsch – war. Niemand schaute in unsere Richtung. Ich warf Kevin einen flüchtigen Blick zu, bereit, sofort wegzusehen, sobald er es bemerkte, aber seine Augen waren auf eine Stelle ein Stück links von uns gerichtet. Er runzelte leicht die Stirn. Bevor ich weggucken konnte, strich sein Blick über mich hinweg und blieb rechts von mir hängen. Sein Stirnrunzeln verstärkte sich. Als ob … er versuchte mich zu sehen und ihm das nicht gelang.

Ich spürte, wie sich meine Mundwinkel zu so etwas Ähnlichem wie einem Grinsen verzogen. Aber es gab zu viel, worüber ich mir Sorgen machte, um Kevins Blindheit wirklich genießen zu können. Ich blickte zurück zu Fred und überlegte, ob jetzt auch für mich der Ekelfaktor zurückkehren würde, nur um festzustellen, dass er genau wie ich lächelte. Wenn er lächelte, sah er wirklich umwerfend aus.

Dann war der Augenblick vorbei und Fred wandte sich wieder seinem Buch zu. Ich blieb eine ganze Weile unbeweglich stehen und wartete darauf, dass etwas geschah. Darauf, dass Diego durch die Tür kam. Oder Riley mit Diego. Oder Raoul. Oder darauf, dass mich erneut Übelkeit überkam oder dass Kevin wütend in meine Richtung sah, oder darauf, dass der nächste Streit ausbrach. Irgendetwas.

Als nichts passierte, riss ich mich schließlich zusammen und machte, was ich schon die ganze Zeit hätte machen sollen – so tun, als wäre alles ganz normal. Ich nahm mir ein Buch von dem Stapel neben Freds Füßen, dann setzte ich mich an Ort und Stelle hin und gab vor zu lesen. Es war wahrscheinlich eins derselben Bücher, die ich gestern angeblich gelesen hatte, aber es kam mir nicht bekannt vor. Ich blätterte durch die Seiten und nahm wieder nichts von dem wahr, was dort stand.

Mein Verstand drehte sich rasend schnell in engen kleinen Kreisen. Wo war Diego? Wie hatte Riley auf seine Geschichte reagiert? Was hatte das alles zu bedeuten – das Gespräch vor Ankunft der verhüllten Gestalten, das Gespräch danach?

Ich durchdachte alles noch mal in umgekehrter Reihenfolge und versuchte die Einzelteile zu einem erkennbaren Bild zusammenzusetzen. Es gab eine Art Polizei in der Vampirwelt und sie war verdammt unheimlich. Unsere ungezügelte Gruppe gerade erst geschaffener Vampire hier sollte eine Armee sein, und diese Armee war in irgendeiner Weise illegal. Unsere Schöpferin hatte einen Feind. Besser gesagt, zwei Feinde. In fünf Tagen würden wir einen von ihnen angreifen, sonst würden die anderen, die unheimlichen Gestalten in den Umhängen, sie – oder uns oder beide – angreifen. Wir würden für diesen Angriff ausgebildet werden ... sobald Riley zurückkam. Ich warf einen Blick zur Tür, dann zwang ich mich, die Augen wieder auf die Seite vor mir zu richten. Und dann das Gespräch, bevor die Besucher aufgetaucht waren. Sie machte sich Sorgen wegen irgendeiner Entscheidung. Sie freute sich, dass sie so viele Vampire hatte – so viele *Soldaten*. Riley war froh, dass Diego und ich überlebt hatten ... Er hatte gesagt, er hätte gedacht, zwei weitere an die Sonne verloren zu haben, das musste bedeuten, dass er nicht wusste, wie Vampire *wirklich* auf Sonnenlicht reagierten. Was sie gesagt hatte, war allerdings merkwürdig gewesen. Sie hatte ihn gefragt, ob er *sicher* sei. Sicher, dass Diego überlebt hatte? Oder ... sicher, dass Diegos Geschichte wahr war?

Der letzte Gedanke machte mir Angst. Wusste sie bereits, dass die Sonne uns nichts anhaben konnte? Und wenn sie es wusste, warum hatte sie dann Riley – und also uns – angelogen?

Welchen Grund konnte sie haben, uns – im wahrsten Sinne des Wortes – im Dunkeln zu lassen? Wie wichtig war es ihr, dass wir die Wahrheit nicht erführen? Wichtig genug, um Diego in Schwierigkeiten zu bringen? Ich steigerte mich in eine regelrechte Panik hinein und war wie erstarrt. Wenn ich noch dazu in der Lage gewesen wäre, hätte ich jetzt geschwitzt. Ich musste mich sehr konzentrieren, um die nächste Seite umzublättern und den Blick gesenkt zu halten.

Wurde Riley getäuscht oder war er ebenfalls eingeweiht? Als Riley gesagt hatte, er glaubte, zwei weitere an die Sonne verloren zu haben, hatte er wirklich die Sonne gemeint … oder die Lüge über die Sonne?

Wenn letzteres der Fall war, dann bedeutete, die Wahrheit zu kennen, *verloren* zu sein. Ich konnte keine klaren Gedanken mehr fassen.

Ich versuchte, vernünftig zu bleiben und die Logik dahinter zu verstehen. Es war schwieriger ohne Diego. Mit jemandem zu reden und sich austauschen zu können, schärfte meine Konzentrationsfähigkeit. Ganz allein saugte die Angst an den Rändern meiner Gedanken, vermischt mit dem allgegenwärtigen Durst. Die Gier nach Blut schlummerte permanent unter der Oberfläche. Sogar jetzt, anständig genährt, konnte ich das Brennen und das Verlangen spüren.

Denk an sie, *denk an Riley*, sagte ich mir. Ich musste begreifen, welchen Grund sie hatten zu lügen – falls sie logen –, damit ich versuchen konnte herauszufinden, welche Bedeutung es für sie hatte, dass Diego ihr Geheimnis kannte.

Wenn sie nicht gelogen hätten, wenn sie uns einfach gesagt hätten, dass wir tagsüber genauso sicher waren wie nachts, was hätte das verändert? Ich stellte mir vor, wie es wäre, wenn wir nicht den ganzen Tag über in einem abgedunkelten Keller festgehalten werden mussten, wenn wir einundzwanzig – inzwischen vielleicht weniger, je nachdem wie die Jagdgruppen heute Nacht miteinander zurechtkamen – jederzeit machen konnten, was wir wollten.

Wir würden auf die Jagd gehen wollen. Das war klar.

Wenn wir nicht zurückkehren müssten, wenn wir uns nicht verstecken müssten … dann würden viele von uns bestimmt nicht sehr regelmäßig zurückkommen. Es war nicht leicht, sich auf die Rückkehr zu konzentrieren, solange der Durst die Oberhand hatte. Aber Riley hatte uns die Gefahr zu verbrennen und die Rückkehr dieses grauenhaften Schmerzes, den wir alle einmal erlebt hatten, dermaßen stark eingeimpft, dass wir uns einzig deshalb zurückhalten konnten. Selbstschutz, der einzige Instinkt, der noch stärker war als der Durst.

Das hieß, die Gefahr hielt uns zusammen. Es gab andere Verstecke, wie Diegos Höhle, aber wer außer ihm dachte schon an so etwas? Wir hatten einen Ort, eine Art

Stützpunkt, also gingen wir dahin. Ein klarer Kopf war nicht gerade die Stärke von Vampiren. Oder zumindest nicht die Stärke *junger* Vampire. Riley hatte einen klaren Kopf. Diego hatte einen klareren Kopf als ich. Diese Vampire mit den Umhängen waren geradezu erschreckend klar und konzentriert gewesen. Ich schauderte. Das hieß, der Durst und die Jagd würden uns nicht ewig unter Kontrolle halten. Was würden sie machen, wenn wir älter, klarer waren? Mir wurde plötzlich bewusst, dass niemand hier älter war als Riley. Wir alle waren neu, weil *sie* jetzt einen Haufen von uns wegen dieses geheimnisvollen Feindes brauchte. Und dann?

Ich hatte das dumpfe Gefühl, dass ich dann lieber nicht mehr hier sein wollte. Und plötzlich wurde mir etwas völlig Offensichtliches bewusst. Es war die Lösung, die schon vorher an den Rändern meines Verstands gekratzt hatte, als ich zusammen mit Diego der Spur der Vampirhorde hierher gefolgt war.

Ich musste dann nicht mehr hier sein. Ich musste keine Nacht länger hierbleiben.

Ich war wieder vollkommen starr, während ich über diese fantastische Idee nachdachte.

Wenn Diego und ich nicht wenigstens ungefähr gewusst hätten, welche Richtung die Meute wahrscheinlich eingeschlagen hatte, hätten wir sie dann je gefunden? Wahrscheinlich nicht. Und das hier war eine große Gruppe gewesen, die eine breite Spur hinterließ. Was, wenn es ein einzelner Vampir war, einer, der an Land springen konnte, vielleicht in einen Baum, ohne eine Fährte am Ufer zu hinterlassen … Nur *ein* Vampir oder vielleicht auch zwei, die so weit ins Meer hinausschwimmen konnten, wie sie wollten … Die irgendwo wieder an Land gehen konnten … Kanada, Kalifornien, Chile, China …

Diese beiden Vampire würde man nie wiederfinden. Sie wären weg. Verschwunden, als wären sie in Flammen aufgegangen.

Wir hätten vorige Nacht nicht zurückkehren müssen! Wir hätten es nicht tun *sollen*! Warum war mir der Gedanke gestern nicht gekommen?

Aber … wäre Diego einverstanden gewesen? Plötzlich war ich mir da nicht mehr so sicher. War Diego Riley gegenüber vielleicht doch loyaler? Hätte er das Gefühl gehabt, es sei seine Pflicht, bei Riley zu bleiben? Er kannte Riley schon viel länger – mich kannte er eigentlich erst seit einem Tag. Stand er Riley näher als mir?

Stirnrunzelnd dachte ich darüber nach.

Nun, ich würde es herausfinden, sobald wir einen Augenblick für uns hatten. Und wenn ihm unser Geheimklub wirklich etwas bedeutete, würde es vielleicht keine Rolle spielen, was unsere Schöpferin mit uns vorhatte. Wir könnten verschwinden und Riley würde mit neunzehn Vampiren auskommen müssen oder noch schnell ein paar neue erschaffen. Wie auch immer, es wäre nicht unser Problem.

Ich konnte es nicht erwarten, Diego von meinem Plan zu erzählen. Mein Bauchgefühl sagte mir, dass er das genauso sehen würde. Hoffentlich.

Plötzlich fragte ich mich, ob das in Wirklichkeit mit Shelly und Steve und den anderen, die verschwunden waren, passiert war. Ich wusste, dass sie nicht von der Sonne verbrannt worden waren. Hatte Riley nur behauptet, ihre Asche gesehen zu haben, damit wir anderen weiterhin Angst hatten und von ihm abhängig blieben? Damit wir im Morgengrauen immer wieder zu ihm zurückkehrten? Vielleicht waren Shelly und Steve einfach abgehauen. Kein Raoul mehr. Keine Feinde oder Armeen, die ihre unmittelbare Zukunft bedrohten.

Vielleicht war es das, was Riley mit *an die Sonne verloren* gemeint hatte. Ausreißer. Und in diesem Fall wäre er doch froh, dass Diego nicht ausgestiegen war, oder?

Wenn Diego und ich doch nur abgehauen wären! Wir könnten auch frei sein, so wie Shelly und Steve. Keine Regeln, keine Angst vor dem Sonnenaufgang.

Ich stellte mir wieder vor, wie es wäre, wenn unsere ganze Horde ohne Sperrstunde losgelassen würde. Ich sah, wie Diego und ich uns wie Ninjas durch die Schatten bewegten. Aber ich sah auch Raoul, Kevin und die anderen, glitzernde Discokugel-Monster mitten auf einer belebten Innenstadtstraße, die sich türmenden Leichen, das Geschrei, die surrenden Hubschrauber, die zerbrechlichen, hilflosen Polizisten mit ihren niedlichen kleinen

Kugeln, die noch nicht mal eine Delle hinterlassen würden, die Kameras, die Panik, die sich genauso schnell ausbreiten würde, wie die Bilder um den Globus hüpften.

Die Existenz von Vampiren würde nicht lange ein Geheimnis bleiben. Noch nicht einmal Raoul konnte die Leute so schnell umbringen, dass sich die Geschichte nicht verbreitete.

Dahinter verbarg sich eine innere Logik und ich versuchte, sie zu erfassen, bevor ich wieder abgelenkt wurde.

Erstens: Die Menschen wussten nicht, dass es Vampire gab. Zweitens: Riley schärfte uns immer wieder ein, nicht aufzufallen und die Aufmerksamkeit der Menschen nicht auf uns zu ziehen, damit sie keines Besseren belehrt wurden. Drittens: Diego und ich waren zu dem Ergebnis gekommen, dass alle Vampire sich an diese Vorgaben hielten, denn sonst würde die Welt über uns Bescheid wissen. Viertens: Es musste einen Grund dafür geben und das waren nicht die kleinen Spielzeugpistolen der menschlichen Polizei. Nein, der Grund musste ziemlich bedeutsam sein, wenn er alle Vampire dazu brachte, den ganzen Tag über in stickigen Kellern zu sitzen. Vielleicht bedeutsam genug, um Riley und unsere Schöpferin dazu zu bringen, uns anzulügen und unsere Angst vor der brennenden Sonne immer neu zu schüren. Vielleicht war es ein Grund, den Riley Diego erklären würde, und da er so bedeutsam war und Diego so verantwortungsbewusst, würde er versprechen, das Geheimnis für sich zu behalten, und damit wäre alles in Ordnung. Ganz bestimmt wäre es das. Aber was, wenn Shelly und Steve in Wirklichkeit die Sache mit der glänzenden Haut entdeckt hatten und *nicht* abgehauen waren? Was, wenn sie zu Riley gegangen waren?

Und, zack, da verschwand der nächste Schritt auf meinem Pfad der Logik. Die Gedankenkette löste sich auf und ich geriet wegen Diego erneut in Panik.

Mir wurde mit einem Mal bewusst, dass ich schon eine ganze Weile über die Dinge nachdachte. Ich konnte spüren, wie sich die Morgendämmerung näherte. Höchstens noch eine Stunde. Wo war dann Diego? Wo war Riley?

Gerade als ich daran dachte, ging die Tür auf und Raoul sprang lachend mit seinen Kumpeln die Treppe herab. Ich duckte mich und beugte mich näher zu Fred. Raoul bemerkte uns nicht. Er sah auf die verkohlten Vampirreste mitten auf dem Boden und lachte noch lauter. Seine Augen waren leuchtend rot.

In den Nächten, in denen Raoul auf die Jagd ging, kam er nie früher zurück als nötig. Er tötete und trank bis zum letzten Moment. Das bedeutete, dass die Morgendämmerung sogar noch näher bevorstehen musste, als ich gedacht hatte.

Riley musste von Diego verlangt haben, seine Behauptung zu beweisen. Das war die einzige Erklärung. Und sie warteten auf das Morgengrauen. Nur … das hieß, dass Riley die Wahrheit *nicht* kannte, dass unsere Schöpferin ihn auch anlog. Oder nicht? Meine Gedanken verirrten sich wieder.

Nur Minuten später tauchte Kristie mit drei ihrer Gang auf. Sie reagierte gleichgültig auf den Aschehaufen. Ich zählte schnell durch, nachdem zwei weitere Jäger durch die Tür gehastet kamen. Zwanzig Vampire. Jetzt waren alle da außer Diego und Riley. Die Sonne würde jeden Moment aufgehen.

Die Tür am Kopfende der Kellertreppe knarrte, als jemand sie öffnete. Ich sprang auf.

Riley trat ein. Er schloss die Tür hinter sich. Er kam die Treppe herunter.

Niemand folgte ihm.

Bevor ich das wirklich begriffen hatte, stieß Riley einen animalischen Wutschrei aus. Er starrte die Aschereste auf dem Boden an, wobei ihm vor Zorn beinahe die Augen aus den Höhlen traten. Alle standen schweigend und unbeweglich da. Wir hatten schon öfter miterlebt, wie Riley ausrastete, aber das hier war etwas anderes.

Riley wirbelte herum und grub seine Finger in einen dröhnenden Lautsprecher, dann riss er ihn von der Wand und schleuderte ihn durch den Raum. Jen und Kristie duckten sich, als er in die gegenüberliegende Wand krachte und eine Wolke fein zermahlener Staub aufwirbelte. Riley zertrat die Stereoanlage mit dem Fuß und der hämmernde Bass verstummte. Dann sprang er auf Raoul zu und packte ihn an der Kehle.

»Ich war gar nicht hier!«, rief Raoul und sah aus, als ob er Angst hätte – *das* hatte ich noch nie erlebt.

Riley knurrte fürchterlich und schleuderte Raoul genauso weg wie den Lautsprecher. Jen und Kristie sprangen wieder aus dem Weg. Raouls Körper durchschlug die Wand und hinterließ ein riesiges Loch.

Riley packte Kevin an der Schulter und riss ihm – mit dem vertrauten Kreischen – die rechte Hand ab. Kevin schrie vor Schmerzen auf und versuchte sich aus Rileys Griff zu befreien. Riley trat ihn in die Seite. Ein weiteres schrilles Kreischen und Riley hatte den Rest von Kevins Arm in der Hand. Er riss den Arm am Ellbogen mittendurch und schlug Kevin die Stücke mit Wucht in sein verängstigtes Gesicht – *klatsch*, *klatsch*, *klatsch*, wie ein Hammer, der auf Stein trifft.

»Was ist bloß *los* mit euch?«, schrie Riley uns an. »Warum seid ihr alle so *dämlich*?« Er streckte den Arm nach dem blonden Spider-Man-Jungen aus, aber der wich ihm aus. Sein Sprung zur Seite brachte ihn zu weit in Freds Nähe und würgend stolperte er wieder auf Riley zu.

»Hat auch nur *einer* von euch ein Gehirn?«

Riley stieß einen Jungen namens Dean in das Hi-Fi-Rack und zertrümmerte es, dann schnappte er sich ein Mädchen – Sara – und riss ihr das linke Ohr und eine Handvoll Haare aus. Sie knurrte vor Schmerzen.

Was Riley tat, war nicht ungefährlich. Wir waren viele hier. Raoul war schon wieder auf den Beinen, Kristie und

Jen – normalerweise nicht gerade seine Verbündeten – in Verteidigungshaltung an seiner Seite. Einige andere schlossen sich in lockeren Gruppen, die über den Raum verteilt waren, zusammen.

Ich war mir nicht sicher, ob Riley sich der Bedrohung bewusst wurde oder ob sein Wutausbruch sowieso zu Ende war. Er holte tief Luft. Dann warf er Sara ihr Ohr und ihre Haare zu. Sie wich vor ihm zurück und leckte die abgerissene Kante ihres Ohrs an, benetzte sie mit Gift, damit es wieder hielt. Bei den Haaren war allerdings nichts mehr zu machen; Sara würde eine kahle Stelle zurückbehalten.

»Hört zu!«, sagte Riley leise, aber aufgebracht. »Unsere Leben hängen alle davon ab, dass ihr mir jetzt zuhört und *mitdenkt*! Wir werden alle *sterben*. Jeder von uns, ihr und ich auch, wenn ihr nicht wenigstens ein paar Tage lang so tun könnt, als hättet ihr was im Hirn!«

Das hatte nichts mit seinen üblichen Standpauken und Drohungen zu tun. Diesmal hatte er die ungeteilte Aufmerksamkeit aller.

»Es ist Zeit, dass ihr erwachsen werdet und Verantwortung übernehmt. Glaubt ihr, ihr bekommt dieses Leben *umsonst*? Dass ihr für all das Blut in Seattle nicht *bezahlen* müsst?«

Die kleinen Vampirgrüppchen wirkten nun nicht mehr bedrohlich. Alle hatten die Augen weit aufgerissen, manche wechselten erstaunte Blicke. Ich sah aus den Augenwinkeln, wie Fred mir den Kopf zuwandte, aber ich begegnete seinem Blick nicht. Meine Aufmerksamkeit war auf zwei Dinge gerichtet: auf Riley, nur für den Fall, dass er erneut angreifen sollte, und auf die Tür. Die Tür, die sich immer noch nicht wieder bewegt hatte.

»Hört ihr mir jetzt zu? Wirklich zu?« Riley schwieg, aber niemand nickte. Es war mucksmäuschenstill im Raum. »Ich will euch die gefährliche Lage schildern, in der wir uns alle befinden. Ich versuche es für die Langsamen unter euch einfach zu halten. Raoul, Kristie, kommt her.«

Er winkte die Anführer der beiden größten Gangs zu sich, die sich für einen kurzen Augenblick gegen ihn verbündet hatten. Keiner von beiden folgte seiner Aufforderung. Sie wappneten sich, Kristie fletschte die Zähne.

Ich rechnete damit, dass Riley ruhiger würde, sich entschuldigte. Sie beschwichtigte und dann davon überzeugte, das zu tun, was er wollte. Aber dies hier war ein anderer Riley.

»Na gut«, fuhr er sie an. »Wir werden Anführer brauchen, wenn wir überleben wollen, aber offensichtlich ist keiner von euch dieser Aufgabe gewachsen. Ich hätte gedacht, ihr wärt dazu in der Lage. Offenbar habe ich mich geirrt. Kevin, Jen, bitte kommt her, um diese Gruppe mit mir zusammen zu leiten.«

Kevin sah überrascht auf. Er hatte gerade seinen Arm wieder zusammengesetzt. Obwohl seine Miene wachsam war, fühlte er sich eindeutig geschmeichelt. Er stand langsam auf. Jen sah Kristie an, als wartete sie auf Erlaubnis. Raoul knirschte mit den Zähnen.

Die Tür am Kopfende der Treppe blieb geschlossen.

»Seid ihr genauso unfähig?«, fragte Riley gereizt.

Kevin trat einen Schritt vor, aber dann sprang Raoul in zwei großen Sätzen durch den Raum auf ihn zu. Er stieß Kevin wortlos gegen die Wand und stellte sich an Rileys rechte Seite.

Riley erlaubte sich ein winziges Lächeln. Seine Manipulation war nicht sehr subtil, aber effektiv.

»Kristie oder Jen, wer wird uns führen?«, fragte Riley mit einer Spur Vergnügen in der Stimme.

Jen wartete immer noch auf ein Zeichen von Kristie. Diese funkelte Jen einen Augenblick lang an, dann warf sie ihre sandfarbenen Haare aus dem Gesicht und stellte sich schnell an Rileys andere Seite.

»Diese Entscheidung hat zu lange gedauert«, sagte Riley mit ernster Stimme. »Zeit ist ein Luxus, den wir uns nicht mehr leisten können. Jetzt ist es vorbei mit den Spielchen. Ich habe euch so ziemlich alles machen lassen, wozu ihr Lust hattet, aber damit hat es heute Nacht ein Ende.«

Er blickte sich im Raum um und sah jedem in die Augen, um sicherzugehen, dass wir zuhörten. Als ich an der Reihe war, hielt ich seinem Blick nur eine Sekunde stand, dann huschten meine Augen wieder zur Tür. Ich sah sofort zurück, aber sein Blick war weitergezogen. Ich fragte mich, ob er meinen Ausrutscher bemerkt hatte. Oder hatte er mich hier neben Fred gar nicht gesehen?

»Wir haben einen Feind«, verkündete Riley. Er ließ das einen Augenblick einsickern. Ich konnte erkennen, dass diese Vorstellung für einige der Vampire hier im Keller ziemlich überraschend war. Der Feind war Raoul – oder wenn du auf Raouls Seite standst, war der Feind Kristie. Der Feind war hier, weil die ganze Welt hier war. Der Gedanke, dass es da draußen noch andere Kräfte gab, die stark genug waren, um uns etwas anzuhaben, war den meisten neu. Noch gestern wäre er für mich auch neu gewesen.

»Ein paar von euch sind vielleicht schlau genug, um schon begriffen zu haben, dass es, wenn es uns gibt, auch andere Vampire gibt. Andere Vampire, die älter, gerissener … fähiger sind als wir. Andere Vampire, die *unser Blut wollen*!«

Raoul zischte und einige seiner Anhänger taten es ihm zur Unterstützung gleich.

»Genau«, sagte Riley, der sie offenbar noch weiter anstacheln wollte. »Seattle gehörte früher ihnen, aber sie sind vor langer Zeit weitergezogen. Jetzt haben sie von uns erfahren und missgönnen uns die leichte Beute, die sie hier früher hatten. Sie wissen, dass die Stadt jetzt uns gehört, aber sie wollen sie zurückhaben. Sie haben es auf uns abgesehen. Sie werden Jagd auf uns machen, auf jeden Einzelnen von uns! Wir werden brennen, während sie ein Festmahl abhalten!«

»Niemals«, knurrte Kristie. Einige ihrer Anhänger und einige von Raouls Leuten knurrten auch.

»Wir haben nicht viele Alternativen«, erklärte Riley uns. »Wenn wir warten, bis sie hier auftauchen, sind sie im Vorteil. Schließlich ist das ihr Revier. Und sie wollen uns nicht direkt gegenübertreten, weil wir in der Überzahl sind und stärker als sie. Sie wollen uns einzeln erwischen; sie wollen sich unsere größte Schwäche zu Nutze machen. Ist irgendjemand von euch so clever und weiß, welche das ist?« Er zeigte auf den Aschehaufen zu seinen Füßen – der inzwischen auf dem Teppich verschmiert und nicht mehr als Vampir zu erkennen war – und wartete.

Niemand rührte sich.

Riley schnaubte verächtlich. »Uns fehlt es an Einheit!«, rief er. »Was für eine Bedrohung stellen wir dar, wenn wir nicht aufhören, uns gegenseitig umzubringen?« Er trat nach der Asche und wirbelte eine kleine schwarze Wolke auf. »Könnt ihr euch vorstellen, wie sie uns auslachen? Sie glauben, es wird einfach sein, uns die Stadt wieder abzunehmen. Dass unsere Dummheit uns schwächt! Dass wir ihnen das Blut einfach so aushändigen werden.«

Die Hälfte der Vampire im Raum knurrte jetzt aus Protest.

»Könnt ihr zusammenhalten oder werden wir alle sterben?«

»Wir werden mit ihnen fertig, Boss«, sagte Raoul drohend.

Riley sah ihn mürrisch an. »Nicht, wenn ihr euch nicht unter Kontrolle habt! Nicht, wenn ihr nicht mit jedem Einzelnen in diesem Raum zusammenarbeiten könnt. Jeder, den ihr ausschaltet« – sein Zeh stieß wieder in die Asche –, »könnte derjenige sein, der euch möglicherweise das Leben rettet. Mit jedem aus unserem Clan, den ihr tötet, macht ihr unseren Feinden ein Geschenk. *Hier*, sagt ihr damit, *tötet mich!*«

Kristie und Raoul wechselten einen Blick, als sähen sie sich zum ersten Mal. Andere taten dasselbe. Das Wort Clan war uns nicht unbekannt, aber niemand von uns hatte es bisher auf unsere Gruppe angewandt. Wir waren ein Clan.

»Ich werde euch etwas über unsere Feinde erzählen«, sagte Riley, und alle Blicke hefteten sich auf sein Gesicht. »Ihr Zirkel ist viel älter als unserer. Sie sind schon seit Hunderten von Jahren hier und es gibt Gründe dafür, warum sie so lange überlebt haben. Sie sind gerissen und begabt und sie sind davon überzeugt, dass es ihnen leichtfallen wird, Seattle zurückzuerobern – weil sie gehört haben, dass sie nur gegen einen Haufen unorganisierter Kinder kämpfen müssen, die ihnen schon selbst die halbe Arbeit abnehmen werden!«

Erneutes Knurren, aber einige klangen eher wachsam als wütend. Einige der ruhigeren Vampire, diejenigen, die Riley *zahmer* genannt hätte, sahen nervös aus.

Riley fiel das auch auf. »So sehen sie uns, aber das liegt

nur daran, dass sie uns nicht als Einheit sehen können. Zusammen können wir sie zermalmen. Wenn sie uns alle sehen könnten, Seite an Seite, wie wir gemeinsam kämpfen, wären sie entsetzt. Und so werden sie uns erleben. Weil wir nicht warten werden, bis sie hier auftauchen und uns einzeln abfangen. Wir werden sie aus dem Hinterhalt angreifen. In vier Tagen.«

Vier Tage? Offenbar wollte unsere Schöpferin nicht bis zum letzten Augenblick warten. Ich sah erneut zu der geschlossenen Tür hin. Wo war Diego?

Einige reagierten überrascht auf den Termin, andere verängstigt.

»Das ist das Letzte, womit sie rechnen«, versicherte Riley uns. »Dass wir alle – *gemeinsam* – auf sie warten. Und das Beste habe ich mir bis zum Schluss aufgehoben. Es sind nur *sieben*.«

Einen Augenblick herrschte ungläubiges Schweigen.

Dann sagte Raoul: *»Was?«*

Kristie starrte Riley mit demselben ungläubigen Gesichtsausdruck an und ich hörte gedämpftes Gemurmel im ganzen Raum.

»Sieben?«

»Verarschst du mich?«

»Hey«, zischte Riley giftig. »Das war kein Witz, als ich gesagt habe, dass dieser Zirkel gefährlich ist. Sie sind intelligent und … verschlagen. Hinterhältig. Wir sind stärker als sie, aber sie sind gerissen. Wenn wir nach ihren

Regeln spielen, werden sie gewinnen. Aber wenn wir es unter unseren Bedingungen mit ihnen aufnehmen …« Riley beendete den Satz nicht, er lächelte nur.

»Dann los jetzt«, drängte Raoul. »Radieren wir sie so schnell wie möglich aus.« Kevin knurrte begeistert.

»Immer mit der Ruhe, du Schwachkopf. Uns blind in die Sache zu stürzen, hilft uns nicht zu gewinnen«, rief ihn Riley zur Ordnung.

»Sag uns alles, was wir über sie wissen müssen«, forderte Kristie ihn auf und warf Raoul einen herablassenden Blick zu.

Riley zögerte, als überlegte er, wie er das, was er uns sagen wollte, in Worte fassen sollte. »Also gut, wo fange ich am besten an? Ich denke, das Erste, was ihr wissen müsst, ist … dass ihr noch nicht alles über Vampire wisst. Ich wollte euch nicht gleich am Anfang überfordern.« Er schwieg erneut einen Augenblick, während ihn alle verwirrt ansahen. »Ihr habt bereits ein wenig Erfahrung mit dem, was wir ›Talente‹ nennen. Wir haben Fred.«

Alle sahen Fred an – oder versuchten es zumindest. An Rileys Gesichtsausdruck konnte ich ablesen, dass es Fred nicht mochte, herausgehoben zu werden. Es sah so aus, als hätte Fred den Grad seines »Talents«, wie Riley es nannte, ordentlich aufgedreht. Riley schauderte und blickte schnell weg. Ich spürte immer noch nichts.

»Ja, also, es gibt einige Vampire, die über besondere Gaben verfügen, solche, die über die normalen Superkräfte hinausgehen. Eine Variante habt ihr selbst schon an … in unserem Clan erlebt.« Er achtete darauf, Freds Namen nicht noch einmal zu erwähnen. »Diese Gaben kommen selten vor – bei einem von fünfzig vielleicht –, und jede ist anders. Es gibt die unterschiedlichsten Gaben da draußen und einige von ihnen sind mächtiger als andere.«

Ich konnte jetzt eifriges Gemurmel hören, als einige von uns sich fragten, ob sie wohl talentiert waren. Raoul warf sich in die Brust, als hätte er bereits beschlossen, begabt zu sein. Soweit ich wusste, stand der Einzige, der auf irgendeine Weise besonders war, neben mir.

»Hört mir zu!«, befahl Riley. »Ich erzähle euch das nicht zum Vergnügen.«

»Dieser feindliche Zirkel«, warf Kristie ein. »Die sind talentiert. Stimmt's?«

Riley nickte ihr zustimmend zu. »Genau. Ich bin froh, dass wenigstens ein paar hier zwei und zwei zusammenzählen können.«

Raoul fletschte die Zähne.

»Dieser Zirkel ist verflucht talentiert«, fuhr Riley fort, seine Stimme war jetzt nur noch ein Flüstern. »Es gibt einen Gedankenleser unter ihnen.« Er musterte unsere Gesichter, um zu sehen, ob wir die Bedeutung dieser Enthüllung begriffen. Das Ergebnis schien ihn nicht zufriedenzustellen. »Denkt doch mal nach, Leute! Er wird alles wissen, was in eurem Kopf vorgeht. Wenn ihr angreift, wird er wissen, welche Bewegung ihr macht, noch bevor ihr selbst es wisst. Wenn ihr nach links geht, wird er dort auf euch warten.«

Es herrschte eine angespannte Stille, als alle sich das vorstellten.

»Deswegen sind wir so vorsichtig gewesen – ich und die, die euch erschaffen hat.«

Kristie schreckte zurück, als Riley *sie* erwähnte. Raoul sah noch wütender aus. Allgemein schienen die Nerven blank zu liegen.

»Ihr wisst nicht, wie sie heißt, und ihr wisst nicht, wie sie aussieht. Das schützt uns alle. Wenn unsere Feinde einem von euch allein begegnen, wird ihnen nicht klar sein, dass ihr mit *ihr* in Verbindung steht, und dann lassen sie euch vielleicht laufen. Wenn sie wüssten, dass ihr zu *ihrem* Clan gehört, würden sie euch sofort umbringen.«

Das fand ich unlogisch. Schützte das Geheimnis nicht eher *sie* als irgendeinen von uns? Riley sprach schnell weiter, bevor wir zu lange Zeit hatten, um über seine Behauptung nachzudenken.

»Natürlich spielt das jetzt keine Rolle, wo sie beschlossen haben, nach Seattle zu kommen. Wir werden sie auf ihrem Weg hierher überraschen und sie vernichten.« Er stieß einen leisen Pfiff durch die Zähne aus. »Und wenn das erledigt ist, gehört uns erstens die Stadt ganz allein, und auch andere Zirkel werden wissen, dass sie sich besser nicht mit uns anlegen. Wir werden unsere Spuren nicht mehr so sorgfältig wie bisher verwischen müssen. So viel Blut, wie ihr wollt, für jeden von uns. Jede Nacht jagen. Wir ziehen direkt in die Stadt und *wir werden dort herrschen.*«

Das Knurren und Grummeln war wie Applaus. Alle waren auf seiner Seite. Außer mir. Ich rührte mich nicht, gab keinen Laut von mir. Fred auch nicht, aber was wusste ich schon, warum.

Ich war nicht auf Rileys Seite, weil seine Versprechen wie Lügen klangen. Oder aber alles, was ich mir überlegt hatte, war falsch. Riley sagte, nur diese Feinde hielten uns davon ab, ohne Vorsicht und Einschränkungen zu jagen. Aber das passte nicht zu der Tatsache, dass alle anderen Vampire offenbar auch diskret vorgingen, sonst hätten die Menschen längst von ihnen erfahren.

Ich konnte mich nicht darauf konzentrieren, das bis zum Ende zu durchdenken, weil sich die Tür am Kopfende der Treppe immer noch nicht bewegt hatte. Diego …

»Aber wir müssen gemeinsam vorgehen. Heute Nacht werde ich euch ein paar Techniken beibringen. Kampftechniken. Es gibt noch mehr Möglichkeiten, als sich nur auf dem Boden zu kabbeln wie Kleinkinder. Wenn es dunkel wird, gehen wir raus und üben. Ich will, dass ihr ernsthaft trainiert und euch gleichzeitig konzentriert. Ich will nicht noch ein Mitglied dieses Clans verlieren! Wir brauchen uns gegenseitig – jeden Einzelnen. Ich werde keine

Dummheiten mehr zulassen. Wenn ihr glaubt, ihr müsstet nicht auf mich hören, irrt ihr euch.« Er hielt einen kurzen Augenblick inne. »Und ihr werdet erfahren, wie sehr ihr euch irrt, wenn ich euch zu *ihr* bringe« – ich schauderte und spürte, wie ein Beben durch den Raum lief, weil es allen anderen auch so ging – »und euch festhalte, während sie euch die Beine ausreißt und dann langsam, ganz langsam eure Finger, Ohren, Lippen, eure Zunge und alle anderen überflüssigen Körperteile *einen nach dem anderen* verbrennt.«

Uns allen war schon mindestens ein Körperteil abgerissen worden und wir hatten alle gebrannt, als wir Vampire geworden waren, daher konnten wir uns leicht vorstellen, wie sich das anfühlen würde, aber es war nicht die Drohung selbst, die so entsetzlich war. Das wirklich Furchteinflößende war Rileys Gesichtsausdruck, als er das sagte. Sein Gesicht war nicht wutverzerrt wie sonst, wenn er ärgerlich war; es war ruhig und kalt, glatt und schön, seine Mundwinkel zu einem schmalen Lächeln hochgezogen. Ich hatte plötzlich den Eindruck, dass das ein anderer Riley war. Irgendetwas hatte ihn verändert, ihn härter gemacht, aber ich konnte mir nicht vorstellen, was in einer Nacht geschehen sein konnte, das dieses grausame, perfekte Lächeln hervorgebracht hatte.

Ich schauderte und blickte zur Seite und sah, wie Raouls Lächeln sich veränderte und das von Riley widerspiegelte. Ich konnte beinahe sehen, wie sich die Zahnräder in Raouls Kopf drehten. Er würde seine Opfer in Zukunft nicht mehr so schnell töten.

»Gut, dann lasst uns ein paar Teams zusammenstellen, damit wir anfangen können zu üben«, sagte Riley, jetzt wieder mit normalem Gesicht. »Kristie, Raoul, sammelt eure Leute um euch und teilt dann die übrigen gleichmäßig auf. Kein Streit! Zeigt mir, dass ihr das auf vernünftige Weise hinkriegt. Beweist, was in euch steckt.«

Er trat zur Seite, ohne sich darum zu kümmern, dass Raoul und Kristie beinahe augenblicklich aneinandergerieten, und drehte eine Runde durch den Raum. Er berührte ein paar Vampire im Vorbeigehen an der Schulter und schob sie auf einen der beiden neuen Anführer zu. Mir war zunächst gar nicht bewusst, dass er auf mich zukam, weil er so einen großen Umweg machte.

»Bree«, sagte er und blinzelte dahin, wo ich stand. Es sah aus, als kostete ihn das einige Mühe.

Ich fühlte mich wie erstarrt. Er musste meine Fährte gewittert haben. Ich war so gut wie tot.

»Bree?«, wiederholte er, sanfter jetzt. Seine Stimme erinnerte mich an das erste Mal, dass er mit mir geredet hatte. Als er nett zu mir gewesen war. Und dann noch leiser: »Ich habe Diego versprochen, dir etwas auszurichten. Er hat mich gebeten, dir zu sagen, es wäre eine Ninja-Angelegenheit. Kannst du irgendwas damit anfangen?«

Er konnte mich immer noch nicht ansehen, aber er rückte langsam näher.

»Diego?«, murmelte ich. Ich konnte nicht anders.

Riley lächelte ein winziges bisschen. »Können wir reden?« Er zeigte mit einer Kopfbewegung zur Tür. »Ich habe alle Fenster noch mal überprüft. Der erste Stock ist völlig dunkel und sicher.«

Ich wusste, dass ich nicht sicher sein würde, sobald ich mich von Fred trennte, aber ich musste hören, was Diego mir zu sagen hatte. Was war passiert? Ich hätte bei ihm bleiben sollen, als er Riley traf.

Ich folgte Riley mit gesenktem Kopf durch den Raum. Er gab Raoul ein paar Anweisungen, nickte Kristie zu und stieg dann die Treppe hinauf. Aus den Augenwinkeln sah ich, wie ein paar der Übrigen neugierig verfolgten, wohin er ging.

Riley trat als Erster durch die Tür, und die Küche des Hauses war wie versprochen stockdunkel. Er machte mir ein Zeichen, ihm weiter zu folgen, und führte mich durch einen dunklen Flur an ein paar offenen Schlafzimmertüren vorbei und dann durch eine weitere Tür mit einem massiven Riegel. Wir landeten in der Garage.

»Du bist mutig«, bemerkte er mit ganz leiser Stimme. »Oder wirklich vertrauensvoll. Ich dachte, es würde mehr Mühe kosten, dich die Treppe hochzubekommen, wenn die Sonne am Himmel steht.«

Ups. Ich hätte nervöser sein sollen. Dazu war es jetzt zu spät. Ich zuckte die Achseln.

»Diego und du, ihr seid also ganz dicke, stimmt's?«,

fragte er, er hauchte die Worte nur. Wenn alle im Keller leise gewesen wären, hätten sie ihn wahrscheinlich trotzdem noch gehört, aber im Moment war es ziemlich laut da unten.

Ich zuckte erneut die Achseln. »Er hat mir das Leben gerettet«, flüsterte ich.

Riley hob das Kinn, beinahe ein Nicken, wenn auch nicht ganz, und sah mich abschätzend an. Glaubte er mir? Dachte er, ich hätte immer noch Angst vor der Sonne?

»Er ist der Beste«, sagte Riley. »Der Klügste, den ich habe.«

Ich nickte einmal.

»Wir haben die Lage besprochen und waren uns einig, dass es nicht schaden könnte, ein wenig die Gegend zu erkunden. Blind draufloszuziehen ist zu gefährlich. Er ist der Einzige, dem ich so weit vertraue, um ihn als Kundschafter vorauszuschicken.« Er schnaubte wütend. »Ich wünschte, ich hätte zwei wie ihn! Raoul brennen zu schnell die Sicherungen durch und Kristie ist zu sehr auf sich selbst bezogen, um das eigentliche Ziel im Blick zu behalten, aber sie sind die Besten, die ich habe, und damit muss ich zurechtkommen. Diego hat gesagt, du wärst auch schlau.«

Ich wartete, unsicher, wie viel von unserer Geschichte Riley kannte.

»Ich brauche deine Hilfe bei Fred. Wow, der Junge ist echt stark! Heute Abend konnte ich noch nicht mal in seine Richtung gucken.«

Ich nickte erneut vorsichtig.

»Stell dir vor, wenn unsere Feinde noch nicht mal in unsere Richtung gucken können. Dann wird es kinderleicht!«

Ich glaubte nicht, dass Fred diese Idee gefallen würde, aber vielleicht irrte ich mich. Er machte nicht den Eindruck, dass ihm unser Clan viel bedeutete. Würde er uns retten wollen? Ich antwortete Riley nicht.

»Du verbringst viel Zeit mit ihm.«

Ich zuckte die Schultern. »Da hab ich meine Ruhe. Es ist nicht leicht.«

Riley zog die Lippen kraus und nickte. »Schlau, genau wie Diego gesagt hat.«

»Wo ist Diego?«

Ich hätte nicht fragen sollen. Die Wörter brachen einfach von selbst hervor. Ich wartete nervös, wobei ich versuchte, gleichgültig auszusehen, was mir wahrscheinlich misslang.

»Wir dürfen keine Zeit verlieren. Ich hab ihn sofort, als ich erfahren habe, was auf uns zukommt, nach Süden geschickt. Wenn unsere Feinde beschließen, früher anzugreifen, müssen wir gewarnt sein. Diego wird zu uns stoßen, sobald wir gegen sie losziehen.«

Ich versuchte mir vorzustellen, wo Diego jetzt war. Ich wünschte, ich wäre bei ihm. Vielleicht könnte ich ihm ausreden auf Riley zu hören, und sich dabei gleichzeitig in Gefahr zu bringen. Aber vielleicht auch nicht. Es schien so, als sei Diego tatsächlich gut mit Riley befreundet, genau wie ich befürchtet hatte.

»Diego hat mich gebeten, dir noch etwas auszurichten.«

Mein Blick huschte zu seinem Gesicht. Zu schnell, zu eifrig. Ich hatte es schon wieder vermasselt.

»Hörte sich für mich irgendwie unsinnig an. Er hat gesagt: ›Sag Bree, ich hab mir einen Händedruck ausgedacht. Ich zeig ihn ihr in vier Tagen, wenn wir uns treffen.‹ Wirst du daraus schlau?«

Ich versuchte angestrengt, eine unbewegliche Miene aufzusetzen. »Ein bisschen. Er hat was darüber gesagt, dass wir einen geheimen Händedruck brauchten. Für seine Unterwasserhöhle. Eine Art Passwort. Ich dachte allerdings, er spinnt nur rum. Keine Ahnung, was er jetzt damit meint.«

Riley kicherte. »Armer Diego.«

»Was?«

»Ich glaube, der Junge mag dich viel lieber als du ihn.«

»Oh.« Ich blickte verwirrt weg. Wollte mir Diego mit dieser Nachricht zu verstehen geben, dass ich Riley vertrauen konnte? Aber er hatte Riley offenbar nicht gesagt, dass ich das mit der Sonne wusste. Trotzdem musste er Riley vertraut haben, wenn er ihm so viel erzählt hatte, sogar, dass er mich mochte. Ich hielt es trotzdem für besser, den Mund zu halten. Es hatte sich zu viel verändert.

»Schreib ihn nicht ab, Bree. Wie gesagt, er ist der Beste. Gib ihm eine Chance.«

Riley gab mir einen Rat in Liebesdingen? Verrückter konnte es ja gar nicht mehr werden. Ich nickte kurz mit dem Kopf und murmelte: »Klar.«

»Versuch mit Fred zu reden. Sieh zu, dass er dabei ist.«

Ich zuckte die Achseln. »Ich tu, was ich kann.«

Riley lächelte. »Großartig. Ich nehm dich beiseite, bevor wir losziehen, und dann kannst du mir sagen, wie es gelaufen ist. Ich werd es beiläufig machen, nicht so wie heute Nacht. Ich will nicht, dass er das Gefühl hat, ich würde ihn ausspionieren.«

»Okay.«

Riley gab mir ein Zeichen, ihm zu folgen, und machte sich dann auf den Weg zurück in den Keller.

Das Training dauerte den ganzen Tag, aber ich beteiligte mich nicht daran. Nachdem Riley zu seinen neu gewählten Teamleitern zurückgegangen war, nahm ich wieder meinen Platz neben Fred ein. Die anderen waren in vier Vierergruppen aufgeteilt worden, die von Raoul und Kristie angeführt wurden. Niemand hatte Fred ausgewählt oder vielleicht hatte er sie auch einfach ignoriert oder sie konnten noch nicht mal sehen, dass er da war. Ich konnte ihn immer noch sehen. Er stach heraus – der Einzige, der nicht mitmachte, ein großer blonder Elefant mitten im Zimmer.

Ich wollte mich weder Raouls noch Kristies Team anschließen, also sah ich einfach nur zu. Niemand schien zu bemerken, dass Fred und ich nicht mitmachten. Obwohl wir in gewisser Weise unsichtbar sein mussten, dem talentierten Fred sei Dank, kam ich mir schrecklich auffällig vor. Ich wünschte, ich wäre für mich selbst auch unsichtbar – wünschte, ich würde die Illusion selbst wahrnehmen und könnte ihr so trauen. Aber niemand schenkte uns Beachtung und nach einer Weile gelang es mir beinahe, mich zu entspannen.

Ich sah dem Training aufmerksam zu. Ich wollte alles wissen, vorsichtshalber. Ich hatte nicht vor zu kämpfen; ich hatte vor, Diego zu finden und abzuhauen. Aber was, wenn Diego kämpfen wollte? Oder was, wenn wir kämpfen mussten, um überhaupt abhauen zu können? Es war besser, aufzupassen.

Nur einmal fragte jemand nach Diego. Es war Kevin, aber ich hatte das Gefühl, dass Raoul ihn darauf angesetzt hatte.

»Und, ist Diego schließlich doch noch verbrutzelt?«, fragte er mit bemüht witzigem Tonfall.

»Diego ist bei *ihr*«, sagte Riley und niemand musste fragen, wen er meinte. »Auskundschaften.«

Einige schauderten. Niemand fragte mehr nach Diego.

War er wirklich bei *ihr*? Bei dem Gedanken zuckte ich innerlich zusammen. Vielleicht sagte Riley das nur, damit die anderen ihn nicht weiter ausfragten. Oder er wollte nicht, dass Raoul eifersüchtig wurde und das Gefühl hatte, nur der Zweitbeste zu sein, gerade jetzt, wo seine Überheblichkeit endlich einmal gefordert war. Ich war mir nicht sicher und ich würde auf keinen Fall fragen. Ich schwieg wie üblich und beobachtete das Training.

Beim Kämpfen zuzusehen, war eintönig, und weckte meinen Durst. Riley räumte seiner Armee drei Tage und zwei Nächte lang keine Pause ein. Tagsüber war es schwieriger, den Kämpfenden aus dem Weg zu gehen – im Keller hockten wir alle so dicht aufeinander. In gewisser Weise machte es das einfacher für Riley – so konnte er Streit beenden, bevor es unschön wurde. Nachts draußen hatten sie mehr Platz, um sich gegenseitig aus dem Weg zu gehen, aber trotzdem war Riley dauernd damit beschäftigt, hin- und herzuflitzen, um Gliedmaßen einzusammeln und sie schnell ihren Eigentümern zurückzubringen. Er verlor nicht die Beherrschung und war diesmal schlau genug gewesen, alle Feuerzeuge rechtzeitig einzusammeln. Ich hätte gewettet, dass die Sache außer Kontrolle geraten würde, dass wir auf jeden Fall ein paar Clanmitglieder verlieren würden, wenn Raoul und Kristie sich tagelang Auseinandersetzungen lieferten. Aber Riley hatte sie besser unter Kontrolle, als ich es für möglich gehalten hatte.

Das Training bestand hauptsächlich aus ständiger Wiederholung. Mir fiel auf, dass Riley immer und immer wieder das Gleiche sagte: *Haltet zusammen, achtet auf eure Rückendeckung, greift sie nicht frontal an; haltet zusammen, achtet auf eure Rückendeckung, greift sie nicht frontal an; haltet zusammen, achtet auf eure Rückendeckung, greift sie nicht frontal an.* Es war irgendwie albern und ließ die Gruppe außergewöhnlich blöd erscheinen. Aber ich war sicher, dass ich genauso blöd gewirkt hätte, wenn ich wie sie mitten im Kampf gesteckt hätte, anstatt in Ruhe mit Fred zusammen vom Rand aus zuzugucken.

Es erinnerte mich in gewisser Weise daran, wie Riley uns die Angst vor der Sonne eingehämmert hatte. Ständige Wiederholung.

Es war trotzdem so langweilig, dass Fred nach ungefähr zehn Stunden an jenem ersten Tag ein Kartenspiel hervorholte und Patiencen zu legen begann. Das war interessanter, als sich immer wieder dieselben Fehler anzusehen, also guckte ich vor allem ihm zu.

Nach weiteren zwölf Stunden – wir waren wieder drinnen – stieß ich Fred an, um ihm eine rote Fünf zu zeigen, die er bewegen konnte. Er nickte und legte sie um. Nach dieser Partie teilte er die Karten für uns beide aus und wir spielten Rommé. Wir sprachen nicht, aber Fred lächelte ein paarmal. Niemand sah je in unsere Richtung oder forderte uns auf, mitzutrainieren.

Es gab keine Jagdpausen und je mehr Zeit verstrich, desto schwieriger wurde es, das zu ignorieren. Es kam öfter und aus geringfügigeren Anlässen zu Streit. Rileys Befehle wurden schriller und er riss sogar selbst zwei Arme ab. Ich versuchte den brennenden Durst so gut es ging zu verdrängen – schließlich musste Riley selbst ja auch durstig werden, so dass das hier nicht ewig so weitergehen konnte –, aber die meiste Zeit war der Durst das Einzige, was ich im Kopf hatte. Fred wirkte ebenfalls ziemlich angespannt.

Zu Beginn der dritten Nacht – nur noch ein Tag, mein leerer Magen verknotete sich, als ich daran dachte, wie die Zeit verrann – stoppte Riley die ganzen Trainingskämpfe.

»Kommt mal her, Leute«, sagte er und alle stellten sich in einem lockeren Halbkreis ihm gegenüber auf. Die ursprünglichen Gangs standen dicht beieinander, also hatte das Training nichts an diesen Bündnissen geändert. Fred steckte die Karten in die Hosentasche und stand auf. Ich stand direkt neben ihm und vertraute darauf, dass seine abstoßende Aura mich verbarg.

»Das habt ihr gut gemacht«, erklärte Riley. »Heute gibt's eine Belohnung. Trinkt euch voll, denn morgen werdet ihr eure Kraft einsetzen wollen.«

Erleichtertes Knurren von fast allen Seiten.

»Ich sage absichtlich *wollen* und nicht *müssen*«, fuhr Riley fort. »Ich glaube, das habt ihr begriffen. Ihr wart schlau und habt hart gearbeitet. Unsere Feinde werden nicht wissen, was da über sie kommt!«

Kristie und Raoul knurrten und ihre jeweiligen Gefolge taten es ihnen augenblicklich nach. Ich war überrascht, aber in diesem Moment sahen sie wirklich aus wie eine Armee. Nicht, dass sie im Gleichschritt marschierten oder so was, aber ihre Reaktion hatte etwas Einheitliches an sich. Als wären sie alle Teil eines einzigen großen Organismus. Wie immer waren Fred und ich die eklatanten Ausnahmen, aber ich hatte den Eindruck, dass einzig Riley sich unserer Anwesenheit überhaupt ein kleines bisschen bewusst war – dann und wann strich sein Blick über die Stelle, wo wir standen, beinahe so, als wollte er sichergehen, dass er Freds Talent immer noch spürte. Und es schien Riley nichts auszumachen, dass wir uns nicht beteiligten. Im Moment zumindest nicht.

»Äh, du meinst morgen *Nacht*, stimmt's, Boss?«, stellte Raoul klar.

»Richtig«, sagte Riley mit einem seltsamen kleinen Lächeln. Niemandem sonst schien etwas Ungewöhnliches an seiner Antwort aufzufallen – außer Fred. Er sah mit einer hochgezogenen Augenbraue zu mir herab. Ich zuckte die Achseln.

»Bereit für eure Belohnung?«, fragte Riley.

Seine kleine Armee brüllte zur Antwort.

»Heute Nacht bekommt ihr einen ersten Vorgeschmack darauf, wie unser Leben aussehen wird, sobald unsere Konkurrenz von der Bildfläche verschwunden ist. Mir nach!«

Riley sprang davon; Raoul und sein Team folgten ihm auf den Fersen. Kristies Gruppe schubste und krallte sich mitten durch sie hindurch, um an die Spitze zu gelangen.

»Bringt mich nicht dazu, meine Meinung zu ändern!«, brüllte Riley aus den Bäumen zu uns zurück. »Ihr könnt auch alle durstig kämpfen. Mir ist das egal!«

Kristie schnauzte einen Befehl und ihre Gruppe reihte sich missmutig hinter Raouls ein. Fred und ich warteten, bis der Letzte von ihnen außer Sichtweite war. Dann machte Fred so eine *Ladies first*-Handbewegung. Ich hatte nicht das Gefühl, dass er Angst hatte, mich hinter sich zu haben, sondern dass er nur höflich sein wollte. Ich rannte hinter der Armee her. Die anderen waren uns bereits weit voraus, aber es war ein Leichtes, ihrem Geruch zu folgen. Fred und ich rannten in wohltuender Stille nebeneinanderher. Ich fragte mich, woran er wohl dachte. Vielleicht war er einfach nur durstig. Meine Kehle brannte, also ging es ihm wahrscheinlich genauso.

Nach ungefähr fünf Minuten hatten wir die anderen eingeholt, blieben aber weiterhin auf Distanz. Die kleine Armee bewegte sich erstaunlich leise vorwärts. Alle waren konzentriert und … ziemlich diszipliniert. Ich wünschte fast, Riley hätte früher mit dem Training angefangen. So war diese Gruppe einfacher zu ertragen.

Wir überquerten eine leere zweispurige Autobahn und ein weiteres Waldstück, dann kamen wir an einen Strand. Das Wasser lag ruhig da und wir waren fast genau nach Norden gelaufen, daher musste das die Meerenge sein. Wir hatten auf dem ganzen Weg keine Häuser passiert und ich war mir sicher, dass Riley das absichtlich so eingerichtet hatte. Durstig und angespannt, wie wir waren, hätte es nicht viel gebraucht, um dieses geringe Maß an Disziplin in lautstarke Anarchie umschlagen zu lassen.

Wir waren bisher noch nie alle zusammen auf der Jagd gewesen und ich war überzeugt, dass das auch jetzt keine gute Idee war. Ich konnte mich noch daran erinnern, wie Kevin und der Spider-Man-Junge in der Nacht, in der ich das erste Mal mit Diego geredet hatte, um die Frau aus dem Auto gekämpft hatten. Riley hatte hoffentlich für eine ganze Menge Körper gesorgt, sonst würde die kleine Armee anfangen, sich gegenseitig in Stücke zu reißen, um das meiste Blut abzukriegen.

Riley hielt am Ufer an.

»Haltet euch nicht zurück«, sagte er zu uns. »Ich will, dass ihr gut genährt und stark seid – in Topform. Also dann … lasst uns ein bisschen Spaß haben.«

Er sprang geschmeidig in die Brandung. Die anderen knurrten aufgeregt, als sie ebenfalls untertauchten. Fred und ich folgten jetzt etwas dichter als vorher, weil wir uns unter Wasser nicht an ihrem Geruch orientieren konnten. Aber ich konnte spüren, dass Fred zögerte – bereit, das Weite zu suchen, wenn diese Sache hier etwas anderes als ein All-you-can-eat-Buffet sein sollte. Offenbar traute er Riley nicht mehr als ich.

Wir schwammen nicht weit, bevor wir die anderen aufsteigen sahen. Fred und ich kamen als Letzte an die Oberfläche und Riley begann zu sprechen, sobald unsere Köpfe aus dem Wasser auftauchten, als hätte er auf uns gewartet. Er musste sich Freds Anwesenheit bewusster sein als die anderen.

»Da ist es«, sagte er und zeigte auf eine große Fähre, die Richtung Süden tuckerte, wahrscheinlich die letzte dieser Nacht auf der Fährverbindung von Kanada. »Gebt mir eine Minute. Sobald die Lichter ausgehen, könnt ihr loslegen.«

Ein aufgeregtes Murmeln war zu hören. Irgendjemand kicherte. Riley schoss davon und nur Sekunden später sahen wir, wie er an der Seite des großen Schiffes hinaufsprang. Er machte sich direkt auf den Weg zur Kommandobrücke auf dem obersten Deck. Um das Funkgerät auszuschalten, vermutete ich. Er konnte sagen, was er wollte, ich war sicher, dass diese Feinde nicht der einzige Grund für seine Vorsicht waren. Die Menschen sollten nicht von den Vampiren erfahren. Zumindest nicht lange. Nur so lange, bis wir sie getötet hatten.

Riley trat ein großes Glasfenster ein und verschwand auf der Brücke. Fünf Sekunden später gingen die Lichter aus.

Ich stellte fest, dass Raoul schon weg war. Er musste getaucht sein, damit wir nicht hörten, wie er hinter Riley herschwamm. Alle anderen machten sich jetzt auch auf den Weg und das Wasser wurde aufgewühlt wie beim Angriff eines riesigen Barrakudaschwarms.

Fred und ich schwammen in relativ geruhsamem Tempo hinter ihnen her. Es war schon komisch, aber auf eine Art waren wir wie ein altes Ehepaar. Wir sprachen nie miteinander, aber wir machten trotzdem immer alles genau gleichzeitig.

Wir kamen ungefähr drei Sekunden nach den anderen bei der Fähre an und die Luft war bereits von Schreien und warmem Blutgeruch angefüllt. Der Geruch machte mir bewusst, wie durstig ich eigentlich war, aber das war das Letzte, was mir bewusst wurde. Mein Gehirn schaltete sich komplett ab. Da war nichts weiter als glühender Schmerz in meiner Kehle und das köstliche Blut – überall Blut –, das versprach, dieses Feuer zu löschen.

Als es vorbei war und kein einziges Herz mehr auf dem Schiff schlug, wusste ich gar nicht genau, wie viele Leute ich umgebracht hatte. Mehr als dreimal so viele, wie ich bisher je bei einem Jagdausflug gehabt hatte, mindestens. Ich hatte weit über den Durst getrunken, einfach weil das Blut so gut geschmeckt hatte. Das meiste Blut auf der Fähre war sauber und köstlich gewesen – diese Passagiere gehörten nicht zum Abschaum. Obwohl ich mich nicht zurückgehalten hatte, bewegte ich mich wahrscheinlich am unteren Ende der Skala. Raoul war von so vielen verstümmelten Leichen umgeben, dass sie einen kleinen Berg bildeten. Er saß oben auf seinem Haufen Toter und lachte laut vor sich hin.

Er war nicht der Einzige, der lachte. Das dunkle Schiff war von fröhlichen Klängen erfüllt. Ich hörte, wie Kristie sagte: »Das war unglaublich – Riley lebe hoch!« Ein paar aus ihrer Gruppe stimmten einen rauen Chor mit Hurrarufen an wie ein Haufen Besoffener.

Jen und Kevin schwangen sich klitschnass auf das Promenadendeck. »Wir haben sie alle erwischt, Boss«, rief Jen Riley zu. Also hatten ein paar Leute versucht, um ihr Leben zu schwimmen. Das hatte ich nicht bemerkt.

Ich sah mich nach Fred um. Es dauerte eine Weile, bis ich ihn entdeckt hatte. Schließlich fiel mir auf, dass ich nicht direkt in die hintere Ecke bei den Getränkeautomaten gucken konnte, und ich ging in die Richtung. Erst hatte ich das Gefühl, als würde ich von der schaukelnden Fähre seekrank, aber dann war ich nah genug, dass das Gefühl nachließ und ich Fred am Fenster stehen sah. Er lächelte mir kurz zu und schaute dann über meinen Kopf hinweg. Ich folgte seinem Blick und sah, dass er Riley beobachtete. Ich hatte den Eindruck, dass er das schon seit einer ganzen Weile tat.

»Also gut, Leute«, sagte Riley. »Ihr hattet einen kleinen Vorgeschmack auf das süße Leben, aber jetzt gibt es erst mal was zu tun!«

Alle brüllten begeistert.

»Drei Sachen muss ich euch noch sagen – und eine davon hat mit einem kleinen Nachtisch zu tun – also lasst uns diesen Kahn versenken und verschwinden!«

Gelächter mischte sich in das Knurren, als die Armee sich daranmachte, das Boot zu zerlegen. Fred und ich sprangen aus dem Fenster und sahen dem Schauspiel aus der Nähe zu. Es dauerte nicht lange, bis die Fähre mit einem lauten Ächzen des Metalls an zwei Stellen auseinanderbrach. Der Mittelteil ging als Erstes unter, während der Bug und das Heck nach oben klappten und in den Himmel zeigten. Sie sanken nacheinander, wobei das Heck dem Bug nur ein paar Sekunden zuvorkam. Der Barrakudaschwarm kam auf uns zu. Fred und ich schwammen mit ihm ans Ufer.

Wir rannten hinter den anderen her nach Hause – wobei wir wie zuvor unseren Abstand wahrten. Ein paarmal sah Fred mich an, als gäbe es etwas, das er mir sagen wollte, aber jedes Mal schien er es sich anders zu überlegen.

Zurück im Haus war Riley bemüht, die ausgelassene Stimmung zumindest etwas zu dämpfen. Noch nach ein paar Stunden hatte er alle Hände voll damit zu tun, die aufgeheizten Vampire wieder zu beruhigen. Ausnahmsweise war es mal kein Streit, dem er beikommen musste, sondern einfach nur gute Laune. Wenn Rileys Versprechungen falsch waren, was ich annahm, hätte er ein ziemliches Problem, sobald der Kampf vorbei war. Jetzt, wo all diese Vampire einmal ein richtiges Festmahl bekommen hatten, würden sie Einschränkungen nicht mehr so leicht akzeptieren. Heute Nacht jedoch war Riley der Held.

Schließlich – eine ganze Weile nachdem die Sonne aufgegangen war, nahm ich an – waren alle ruhig und aufmerksam. Ihren Mienen nach zu schließen, schienen sie bereit zu sein, sich so ungefähr alles anzuhören, was er zu sagen hatte.

Riley stand mit ernstem Gesichtsausdruck auf halber Höhe der Treppe.

»Drei Dinge«, hob er an. »Erstens, wir müssen sicher sein, den richtigen Zirkel zu erwischen. Wenn wir zufällig einem anderen Clan über den Weg laufen und ihn abschlachten, verraten wir uns. Es ist aber besser für uns, wenn unsere Feinde übertrieben optimistisch und unvorbereitet sind. Es gibt zwei Dinge, die diesen Zirkel auszeichnen, und beide sind kaum zu übersehen. Zum einen sehen sie anders aus – sie haben gelbe Augen.«

Verwirrtes Gemurmel war zu hören.

»Gelb?«, fragte Raoul in angewidertem Tonfall.

»Es gibt viel in der Vampirwelt, von dem ihr noch nichts wisst. Ich habe euch schon gesagt, dass diese Vampire alt sind. Ihre Augen sind schwächer als unsere – mit der Zeit gelb geworden. Ein weiterer Vorteil für uns.« Er nickte vor sich hin, als wollte er sagen: *Punkt eins abgehakt.* »Aber es gibt auch andere alte Vampire und deshalb müssen wir auf ein weiteres Merkmal achten, an dem wir sie eindeutig erkennen können … und hier kommt der erwähnte Nachtisch ins Spiel.« Riley lächelte verschlagen und machte eine kurze Pause. »Es ist schwer zu begreifen«, warnte er. »Ich verstehe es auch nicht, aber ich habe es selbst gesehen. Diese alten Vampire sind so *weich* geworden, dass sie sich – als Mitglied ihres Zirkels – einen Menschen halten.«

Seine Enthüllung traf auf entgeistertes Schweigen. Absolutes Unverständnis.

»Ich weiß – nicht leicht zu schlucken. Aber es stimmt.

Wir werden wissen, dass sie es sind, weil sie ein Menschenmädchen bei sich haben.«

»Aber … wie?«, fragte Kristie. »Willst du damit sagen, dass sie ihr Essen mit sich rumtragen, oder was?«

»Nein, es ist immer dasselbe Mädchen, nur das eine, und sie haben nicht vor, es umzubringen. Ich weiß nicht, wie sie das hinkriegen oder warum sie das machen. Vielleicht wollen sie nur irgendwie anders sein. Vielleicht wollen sie mit ihrer Selbstbeherrschung angeben. Vielleicht glauben sie, dass es sie stärker wirken lässt. Ich kann den Sinn darin nicht erkennen. Aber ich habe sie gesehen. Mehr als das, ich habe sie gerochen.«

Langsam und theatralisch griff Riley in seine Jacke und holte einen kleinen Plastikbeutel heraus, in dem ein Stück roter Stoff zusammengeknüllt war.

»Ich habe die Gelbaugen in den letzten Wochen ein wenig ausgekundschaftet, seit sie in die Nähe gekommen sind.« Er schwieg und warf uns einen fast väterlichen Blick zu. »Ich sorge für euch. Und als ich herausfand, dass sie es auf uns abgesehen hatten, habe ich mir das hier geschnappt« – er wedelte mit dem Beutel –, »um uns zu helfen, ihre Fährte zu finden. Ich möchte, dass ihr euch alle diesen Geruch gut einprägt.«

Er gab den Beutel Raoul, der den Plastikverschluss aufzog und tief einatmete. Er sah mit verwundertem Blick zu Riley auf.

»Ich weiß«, sagte Riley. »Erstaunlich, nicht wahr?«

Raoul gab den Beutel an Kevin weiter, die Augenbrauen nachdenklich zusammengezogen.

Alle Vampire rochen nacheinander an dem Beutel und alle rissen erstaunt die Augen auf, aber andere Reaktionen gab es nicht. Ich war so neugierig, dass ich ein bisschen von Fred abrückte, bis ich einen Hauch Übelkeit verspürte und wusste, dass ich mich außerhalb seines Kreises befand. Ich schlich weiter, bis ich neben dem Spider-Man-Jungen stand, der offenbar das Ende der Reihe bildete. Als er dran war, roch er an dem Beutel und wollte ihn dann dem Jungen zurückgeben, von dem er ihn bekommen hatte, aber ich streckte die Hand aus und zischte leise. Er musterte mich voller Erstaunen – fast so, als hätte er mich nie zuvor gesehen – und reichte mir den Beutel.

Der rote Stoff schien eine Bluse zu sein. Ich steckte meine Nase in die Öffnung, beobachtete dabei aber vorsichtshalber die Vampire in meiner Nähe, und atmete ein.

Ah. Jetzt verstand ich ihre Mienen und war mir sicher, einen ähnlichen Ausdruck in meinem Gesicht zu haben. Denn das Mädchen, das diese Bluse getragen hatte, hatte wirklich süßes Blut. Als Riley *Nachtisch* gesagt hatte, hatte er völlig Recht gehabt. Andererseits hatte ich weniger Durst denn je. Also bekam ich zwar große Augen angesichts des feinen Geruchs, aber meine Kehle schmerzte nicht so stark, dass ich unwillkürlich das Gesicht verzog. Es wäre wunderbar, dieses Blut probieren zu können, aber gerade jetzt machte es mir nichts aus, dass das nicht ging.

Ich überlegte, wie lange es wohl dauern würde, bis ich wieder Durst bekam. Normalerweise meldete sich der Schmerz ein paar Stunden nach der letzten Mahlzeit langsam zurück und wurde dann immer schlimmer, bis es – nach ein paar Tagen – unmöglich war, ihn auch nur einen Augenblick lang zu ignorieren. Würde die Riesenmenge Blut, die ich gerade getrunken hatte, das hinauszögern? Wahrscheinlich würde ich das bald erfahren.

Ich sah mich um, um sicherzugehen, dass niemand mehr auf den Beutel wartete, weil ich dachte, dass Fred bestimmt auch neugierig war. Riley begegnete meinem Blick, lächelte ein winziges bisschen und wies mit dem Kinn kaum wahrnehmbar in Freds Ecke. Daraufhin hätte ich am liebsten das genaue Gegenteil von dem gemacht, was ich gerade noch vorgehabt hatte, aber nun ja. Ich wollte nicht, dass Riley mir gegenüber misstrauisch wurde.

Ich ging zu Fred zurück, ohne mich um die Übelkeit zu kümmern, bis ich direkt neben ihm stand und sie nachließ. Ich gab ihm den Beutel. Er schien sich zu freuen, dass ich an ihn gedacht hatte; er lächelte und roch dann an der Bluse. Einen Augenblick später nickte er nachdenklich vor sich hin. Mit einem vielsagenden Blick gab er mir den Beutel zurück. Wenn wir das nächste Mal allein waren, würde er bestimmt laut aussprechen, was er mir vorher schon hatte sagen wollen.

Ich warf den Beutel Spider-Man zu, der so überrascht schien, als sei er direkt vom Himmel gefallen, es aber trotzdem schaffte, ihn aufzufangen, bevor er auf dem Boden landete.

Alle redeten aufgeregt durcheinander. Der Geruch des Mädchens war das einzige Thema. Riley klatschte zweimal in die Hände.

»Okay, also das ist der Nachtisch, von dem ich gesprochen habe. Das Mädchen wird bei den Gelbaugen sein. Und wer sie zuerst erwischt, bekommt den Nachtisch. Ganz einfach.«

Begeistertes Knurren, kampfbereites Knurren.

Einfach, ja, aber … falsch. Sollten wir nicht eigentlich den gelbäugigen Zirkel vernichten? Unsere neu erworbene Einheit sollte der Schlüssel dazu sein, aber ein Kampf nach dem Motto ›Wer zuerst kommt, mahlt zuerst‹, den nur *ein* Vampir gewinnen konnte, trug dazu sicher nicht bei. Das Einzige, was man auf diese Art sicherstellte, war, dass es nachher einen toten Menschen mehr gab. Mir fielen ein halbes Dutzend effektivere Arten ein, um diese Armee zu motivieren. Derjenige, der die meisten Gelbaugen umbringt, gewinnt das Mädchen. Derjenige, der den besten Teamgeist zeigt, gewinnt sie. Derjenige, der sich am besten an den Plan hält. Derjenige, der die Befehle am besten ausführt. Der Beste des Spiels usw. Das Augenmerk sollte auf der Gefahr liegen, und die ging ganz bestimmt nicht von diesem Mädchen aus.

Ich sah mich unter den anderen um und kam zu dem Schluss, dass niemand sonst so dachte wie ich. Raoul und

Kristie funkelten sich an. Ich hörte, wie Sara und Jen flüsternd über die Möglichkeit diskutierten, sich den Preis zu teilen.

Nun, vielleicht war es Fred aufgefallen. Er runzelte ebenfalls die Stirn.

»Und ein Letztes noch«, sagte Riley. Zum ersten Mal klang seine Stimme leicht widerstrebend. »Das wird wahrscheinlich noch schwieriger zu akzeptieren sein, deshalb werde ich es euch vormachen. Ich werde nichts von euch verlangen, das ich nicht selbst tue. Denkt daran – ich begleite euch auf jedem Schritt des Weges.«

Die Vampire wurden ganz still. Ich sah, dass Raoul den Plastikbeutel in der Hand hielt und besitzergreifend umklammerte.

»Es gibt noch so viel, was ihr über das Leben als Vampir lernen müsst«, sagte Riley. »Einiges davon ergibt mehr Sinn als anderes. Und was ich euch jetzt sage, gehört zu den Dingen, die sich erst mal falsch anhören, aber ich habe es selbst erlebt und werde es euch zeigen.« Er überlegte eine ganze Weile. »Viermal im Jahr scheint die Sonne in einem bestimmten indirekten Winkel auf die Erde. An diesen vier Tagen besteht für uns keine Gefahr … draußen im Tageslicht zu sein.«

Auch die allerkleinste Bewegung erstarrte. Niemand atmete. Riley sprach zu einem Haufen Statuen.

»Einer dieser außergewöhnlichen Tage bricht gerade an. Die Sonne, die heute da draußen aufgeht, wird keinem von uns etwas anhaben. Und wir werden diese seltene Ausnahme nutzen, um unsere Feinde zu überraschen.«

Meine Gedanken wirbelten und drehten sich im Kreis. Das hieß, Riley wusste, dass wir die Sonne nicht zu fürchten brauchten. Oder er wusste es nicht, und unsere Schöpferin hatte ihm dieses Märchen von den »vier Tagen im Jahr« erzählt. Oder … es stimmte, und Diego und ich hatten zufällig einen dieser Tage erwischt. Allerdings war Diego auch vorher schon im Schatten draußen gewesen. Und Riley stellte es so dar, als hätte es irgendwas mit Sonnenwende und Jahreszeiten zu tun, dabei waren Diego und ich erst vor vier Tagen gefahrlos in der Sonne gewesen.

Ich konnte verstehen, dass Riley und unsere Schöpferin uns mit der Angst vor der Sonne unter Kontrolle halten wollten. Das ergab Sinn. Aber warum dann jetzt die Wahrheit sagen – wenn auch in sehr eingeschränkter Form?

Ich hätte wetten können, dass das mit den unheimlichen Vampiren in den dunklen Umhängen zu tun hatte. Wahrscheinlich wollte *sie* ihrem Stichtag zuvorkommen. Die in den Umhängen hatten ihr nicht versprochen, sie am Leben zu lassen, selbst wenn wir alle Gelbaugen umbrachten. Ich nahm an, *sie* würde wie der Blitz verschwinden, sobald sie ihr Ziel hier erreicht hatte. Die Gelbaugen umbringen und dann einen ausgedehnten Urlaub in Australien oder sonst wo am anderen Ende der Welt verbringen. Und ich war sicher, dass sie uns keine geprägten Einladungskarten schicken würde. Ich musste Diego schnell finden, damit wir auch abhauen konnten. In die entgegengesetzte Richtung als Riley und unsere Schöpferin. Und ich musste Fred einen Tipp geben. Ich beschloss das zu tun, sobald wir einen Augenblick allein waren.

Rileys kleine Ansprache steckte so voller Lügen und Fallstricke, und ich war mir noch nicht mal sicher, alles zu bemerken. Ich wünschte, Diego wäre hier, damit wir gemeinsam darüber nachdenken könnten.

Wenn Riley sich diese Geschichte mit den vier Tagen gerade erst ausgedacht hatte, konnte ich unter Umständen sogar verstehen, warum. Er hätte ja schlecht einfach sagen können: *Hey, ich hab euch zwar euer ganzes Leben lang angelogen, aber* jetzt *sage ich euch die Wahrheit.* Er wollte, dass wir ihm heute in die Schlacht folgten; er konnte das, was er an Vertrauen gewonnen hatte, nicht einfach so untergraben.

»Ich kann verstehen, wenn euch der Gedanke Angst macht«, sagte Riley zu den Statuen. »Ihr seid nur deshalb noch am Leben, weil ihr aufgepasst habt, als ich euch gesagt habe, dass ihr vorsichtig sein sollt. Ihr seid rechtzeitig zurückgekommen, ihr habt keine Fehler begangen. Diese Angst hat euch schlau und vorsichtig gemacht. Ich erwarte nicht, dass ihr diese verständliche Angst leichtfertig beiseiteschiebt. Ich erwarte nicht, dass ihr jetzt zur Tür rausrennt, nur weil ich es euch sage. Aber …« Er sah sich im Raum um. »Ich erwarte, dass ihr mir nach draußen *folgt.*«

Sein Blick löste sich nur einen winzigen Sekundenbruchteil von seinen Zuhörern und huschte ganz kurz zu etwas über meinem Kopf.

»Seht mich an«, sagte er. »Hört mir zu. Vertraut mir. Wenn ihr seht, dass mir nichts passiert, traut euren Augen. Die Sonne hat an diesen Tagen einen interessanten Effekt auf eure Haut. Ihr werdet es gleich sehen. Es wird euch in keiner Weise wehtun. Ich würde nichts tun, um euch unnötig in Gefahr zu bringen, Leute. Das wisst ihr.«

Er begann die Treppe hinaufzusteigen.

»Riley, können wir nicht einfach warten …«, hob Kristie an.

»Seht mir einfach zu«, unterbrach Riley sie und ging gemessenen Schrittes weiter. »Das verschafft uns einen großen Vorteil. Die Gelbaugen wissen auch über diese Tage Bescheid, aber sie wissen nicht, dass *wir* es wissen.« Beim Reden öffnete er die Tür und trat aus dem Keller in die Küche. In der sorgfältig abgedunkelten Küche war kein Licht, aber trotzdem scheuten alle vor der offenen Tür zurück. Alle außer mir. Er sprach weiter, während er sich auf die Haustür zubewegte. »Bei den meisten jungen Vampiren dauert es eine Weile, bis sie diese Ausnahme akzeptieren – aus gutem Grund. Wer nicht vorsichtig ist, was das Tageslicht angeht, überlebt nicht lange.«

Ich spürte Freds Blick auf mir ruhen und sah zu ihm hinüber. Er starrte mich durchdringend an, als wollte er verschwinden, wüsste aber nicht, wohin.

»Es ist in Ordnung«, flüsterte ich beinahe lautlos. »Die Sonne kann uns nichts anhaben.«

Traust du ihm?, fragte er mich nur mit der Bewegung seiner Lippen.

Nicht die Spur.

Fred hob eine Augenbraue und entspannte sich nur ein kleines bisschen.

Ich warf einen Blick hinter uns. Wo hatte Riley hingeguckt? Dort hatte sich nichts verändert – nur ein paar Familienfotos von Verstorbenen, ein kleiner Spiegel und eine Kuckucksuhr hingen an der Wand. Hmm. Hatte er auf die Uhr gesehen? Vielleicht hatte unsere Schöpferin ihm auch eine Deadline gesetzt.

»Okay, Leute, ich gehe jetzt raus«, sagte Riley. »Ihr müsst heute keine Angst haben, versprochen.«

Das Licht schien durch die offene Tür in den Keller, noch verstärkt – was nur ich wusste – von Rileys Haut. Ich konnte die hellen Lichtreflexe an der Wand tanzen sehen.

Zischend und knurrend drängte sich unsere Gruppe in der Fred gegenüberliegenden Ecke zusammen. Kristie stand ganz hinten. Es sah aus, als versuchte sie ihre Gang als eine Art Schutzschild zu benutzen.

»Ganz ruhig, Leute«, rief Riley zu uns herunter. »Mir geht es prima. Keine Schmerzen, keine Verbrennungen. Kommt und seht euch das an. Na los!«

Niemand ging näher an die Tür. Fred kauerte neben mir an der Wand und musterte das Licht voller Panik. Ich wedelte ein kleines bisschen mit der Hand, damit er zu mir hersah. Einen Augenblick musterte er meine völlige Ruhe. Langsam richtete er sich neben mir auf. Ich lächelte ihm aufmunternd zu.

Alle anderen schienen darauf zu warten, dass sie anfangen würden zu brennen. Ich fragte mich, ob ich auf Diego einen genauso albernen Eindruck gemacht hatte.

»Wisst ihr«, sagte Riley nachdenklich von oben, »ich bin neugierig, wer der Mutigste von euch ist. Ich glaube zu wissen, wer der Erste ist, der sich durch diese Tür wagt, aber ich habe mich schon mal geirrt.«

Ich verdrehte die Augen. Sehr subtil, Riley.

Aber natürlich funktionierte es. Raoul begann fast augenblicklich, sich langsam an die Treppe ranzupirschen. Ausnahmsweise hatte Kristie es nicht eilig, sich ein Wettrennen um Rileys Gunst mit ihm zu liefern. Raoul schnippte mit den Fingern in Kevins Richtung und sowohl er als auch der Spider-Man-Junge gesellten sich widerstrebend zu ihm.

»Ihr könnt mich hören. Ihr wisst, dass ich nicht verbrannt bin. Benehmt euch nicht wie ein Haufen Feiglinge. Ihr seid *Vampire*. Also verhaltet euch auch entsprechend.«

Trotzdem schafften es Raoul und seine Kumpel nicht weiter als bis zum Fuß der Treppe. Keiner der anderen rührte sich. Nach ein paar Minuten kam Riley zurück. Im indirekten Licht, das durch die Haustür hereindrang, schimmerte er nur ein bisschen.

»Seht mich an – mir geht's gut. Im Ernst! Ich schäme mich für euch. Komm her, Raoul!«

Schließlich musste Riley Kevin packen – Raoul duckte sich weg, sobald ihm klar wurde, was Riley vorhatte – und ihn mit Gewalt nach oben schleppen. Ich wusste, wann sie in der Sonne standen – als das Licht von ihnen reflektiert und dadurch heller wurde.

»Sag es ihnen, Kevin«, befahl Riley.

»Mir geht's gut, Raoul!«, rief Kevin nach unten. »Wow. Ich … glitzer total. Das ist ja Wahnsinn!« Er lachte.

»Gut gemacht, Kevin«, sagte Riley.

Das gab Raoul den Rest. Er biss die Zähne zusammen und marschierte die Treppe hinauf. Er ging nicht schnell, aber schon bald glitzerte und lachte er mit Kevin um die Wette.

Selbst von da an dauerte die Sache länger, als ich angenommen hätte. Weiterhin ging nur einer nach dem anderen hoch. Riley wurde ungeduldig. Anstatt uns zu ermutigen, drohte er jetzt.

Fred warf mir einen Blick zu, der besagte: *Wusstest du das?*

Ja, sagte ich lautlos.

Er nickte und stieg die Treppe hinauf. Immer noch ungefähr zehn Leute, vor allem aus Kristies Gruppe, standen an der Wand zusammengedrängt. Ich ging mit Fred. Es war besser, mittendrin rauszukommen. Sollte Riley da doch hineininterpretieren, was er wollte.

Wir sahen die leuchtenden Discokugel-Vampire im Vorgarten stehen und mit selbstvergessenen Mienen ihre Hände und die Gesichter der anderen bestaunen. Fred trat, ohne langsamer zu werden, ins Licht hinaus, was ich ziemlich mutig fand. Kristie war ein besseres Beispiel dafür, wie gut Riley uns indoktriniert hatte. Sie hielt an dem fest, was sie gelernt hatte, unabhängig davon, was sie mit eigenen Augen sah.

Fred und ich standen ein Stückchen von den anderen entfernt. Er untersuchte sich selbst sorgfältig, dann musterte er mich, dann starrte er die anderen an. Mir ging auf, dass Fred, auf seine ruhige Art, einen sehr guten Beobachter abgab und geradezu wissenschaftlich bei der Auswertung von Beweisen vorging. Er hatte die ganze Zeit über genau beobachtet, was Riley gesagt und getan hatte. Wie viel hatte er herausgefunden?

Riley musste Kristie schließlich die Treppe hochzerren und ihre Gang kam hinterher. Dann waren wir alle draußen in der Sonne und die meisten konnten sich kaum daran sattsehen, wie hübsch sie waren. Riley trommelte uns zu einer letzten kurzen Trainingseinheit zusammen – in erster Linie, damit sich alle wieder konzentrierten, nahm ich an. Es dauerte eine Weile, aber dann schien jedem bewusst zu werden, dass es jetzt so weit war, und alle wurden ruhiger und entschlossener. Es war deutlich zu sehen, dass der Gedanke an einen richtigen Kampf – daran, dass es nicht nur erlaubt war, sondern man sogar *ermutigt* wurde, andere zu zerreißen und zu verbrennen – fast genauso aufregend war wie die Jagd. Das reizte Leute wie Raoul, Jen und Sara.

Riley konzentrierte sich auf die Strategie, die er ihnen in den letzten paar Tagen einzuhämmern versucht hatte – sobald wir die Gelbaugen gefunden hatten, würden wir uns in zwei Gruppen aufteilen und sie in die Zange nehmen. Raoul würde frontal auf sie losgehen, während Kristie von der Seite angreifen sollte. Der Plan kam ihrem jeweiligen Kampfstil entgegen, trotzdem war ich nicht sicher, ob sie in der Lage sein würden, diese Strategie in der Hitze des Gefechts beizubehalten.

Als Riley nach einer Stunde Training alle zusammenrief, ging Fred augenblicklich rückwärts Richtung Norden; Riley hatte die anderen nach Süden ausgerichtet. Ich hielt mich in Freds Nähe, obwohl ich keine Ahnung hatte, was er vorhatte. Nach gut hundert Metern blieb Fred im Schatten der Fichten am Waldrand stehen. Niemand hatte uns beim Weggehen beobachtet. Fred musterte Riley, wie um zu sehen, ob er unseren Rückzug bemerkt hatte.

Riley fing an zu sprechen. »Wir machen uns jetzt auf den Weg. Ihr seid stark und ihr seid bereit dazu. Und ihr brennt darauf, nicht wahr? Ihr seid bereit für den Nachtisch.«

Er hatte Recht. Das viele Blut hatte die Rückkehr des Brennens überhaupt nicht hinausgezögert. Ich war mir nicht sicher, aber ich hatte sogar den Eindruck, es kehrte schneller und heftiger zurück als normalerweise. Vielleicht war es in gewisser Weise gar nicht so gut, so viel zu trinken.

»Die Gelbaugen nähern sich langsam von Süden her und stärken sich unterwegs«, sagte Riley. »*Sie* hat sie ausgekundschaftet, deshalb weiß ich, wo wir sie finden werden. *Sie* wird uns dort treffen, zusammen mit Diego« – er warf einen vielsagenden Blick dahin, wo ich eben noch gestanden hatte, dann erschien ein kurzes Stirnrunzeln auf seinem Gesicht, das genauso schnell wieder verschwand –, »und wir werden unsere Feinde überrollen wie ein Tsunami. Wir werden sie problemlos überwältigen. Und dann feiern wir.« Er lächelte. »Einer von euch wird ganz besonderen Grund dazu haben. Raoul – gib ihn mir.« Riley streckte herrisch die Hand aus. Widerstrebend warf Raoul ihm den Beutel mit der Bluse zu. Es schien, als versuchte Raoul Anspruch auf das Mädchen zu erheben, indem er ihren Geruch mit Beschlag belegte.

»Riecht alle noch mal daran. Konzentriert euch!«

Auf das Mädchen? Oder auf den Kampf?

Diesmal ging Riley selbst mit der Bluse herum, beinahe so, als wollte er sichergehen, dass alle Durst darauf bekamen. Und ich konnte an den Reaktionen erkennen, dass das Brennen genau wie bei mir auch bei allen anderen zurückgekehrt war. Auf den Geruch der Bluse reagierten fast alle mit finsteren Blicken und Geknurre. Es war unnötig, uns noch mal daran riechen zu lassen; wir vergaßen nichts. Von daher war das hier wahrscheinlich nur ein

Test. Allein der Gedanke an den Geruch des Mädchens ließ mir das Gift im Mund zusammenlaufen.

»Seid ihr auf meiner Seite?«, schrie Riley.

Alle brüllten ihre Zustimmung heraus.

»Dann los, auf sie, Leute!«

Es war wieder, als hätte man einen Barrakudaschwarm losgelassen, diesmal allerdings an Land.

Fred rührte sich nicht, deshalb blieb ich bei ihm, obwohl ich wusste, dass ich wertvolle Zeit vergeudete. Wenn ich Diego finden und mit ihm zusammen verschwinden wollte, bevor der Kampf begann, musste ich an vorderster Front dabei sein. Besorgt sah ich ihnen nach. Aber ich war immer noch jünger als die meisten von ihnen – und damit schneller.

»Riley wird ungefähr zwanzig Minuten nicht an mich denken können«, erklärte mir Fred in beiläufigem und vertrautem Ton, als hätten wir schon eine Million Gespräche geführt. »Ich hab die Zeit gemessen. Selbst wenn er ein ganzes Stück entfernt ist, wird ihm übel, sobald er versucht, sich an mich zu erinnern.«

»Echt? Das ist ja cool.«

Fred lächelte. »Ich habe geübt und beobachtet, was passiert. Ich kann mich inzwischen völlig unsichtbar machen. Niemand kann mich ansehen, wenn ich es nicht will.«

»Das habe ich bemerkt«, sagte ich, dann machte ich eine kurze Pause. »Du kommst nicht mit?«

Fred schüttelte den Kopf. »Natürlich nicht. Es ist offensichtlich, dass er uns nicht gesagt hat, was wir wissen müssen. Ich bin doch nicht Rileys Schachfigur.«

Also hatte Fred es auch herausgefunden.

»Ich wollte eigentlich schon früher verschwinden, aber ich wollte vorher mit dir reden und bisher war keine Gelegenheit dazu.«

»Ich wollte auch mit dir reden«, sagte ich. »Ich wollte dir sagen, dass Riley lügt, was die Sonne angeht. Diese Sache mit den vier Tagen ist totaler Schwachsinn. Ich glaube, Shelly, Steve und die anderen haben es auch rausgekriegt. Und dann steckt da eine Menge mehr hinter diesem Kampf, als er uns erzählt hat. Es gibt nicht nur eine feindliche Gruppe.« Ich sprach schnell, fühlte mit schrecklicher Dringlichkeit, wie die Sonne vorrückte, die Zeit verstrich. Ich musste zu Diego.

»Das überrascht mich nicht«, sagte Fred ruhig. »Und ich verschwinde. Ich werde allein auf Erkundungstour gehen, die Welt sehen. Das heißt, ich wollte eigentlich allein gehen, aber dann habe ich gedacht, du hättest vielleicht Lust mitzukommen. Du wärst ziemlich sicher mit mir zusammen. Niemand wird uns folgen können.«

Ich zögerte einen Augenblick. Die Vorstellung von Sicherheit war gerade jetzt ziemlich verlockend.

»Ich muss Diego finden«, sagte ich jedoch und schüttelte den Kopf.

Er nickte nachdenklich. »Verstehe. Wenn du bereit bist, für ihn zu bürgen, kannst du ihn mitbringen. Es scheint so, als wäre es manchmal ganz hilfreich, zu mehreren zu sein.«

»Ja«, pflichtete ich ihm inbrünstig bei, während ich daran dachte, wie verwundbar ich mich allein mit Diego auf dem Baum gefühlt hatte, als die vier in den Umhängen auf uns zugekommen waren.

Er hob angesichts meines Tonfalls fragend eine Augenbraue.

»Riley hat uns mindestens bezüglich einer weiteren wichtigen Sache angelogen«, erklärte ich. »Sei vorsichtig. Die Menschen dürfen nicht von uns erfahren. Es gibt da so irre Vampire, die Clans bekämpfen, die sich zu auffällig verhalten. Ich habe sie gesehen und du würdest nicht wollen, dass sie dich finden. Also lass dich einfach am Tag nicht blicken und geh bei der Jagd vorsichtig vor.« Ich sah nervös Richtung Süden. »Ich muss mich beeilen!«

Fred nahm ernst zur Kenntnis was ich gesagt hatte. »Okay. Komm nach, wenn du willst. Ich würde gern mehr erfahren. Ich warte einen Tag lang in Vancouver auf dich. In der Stadt kenne ich mich aus. Ich hinterlasse eine Spur für dich im …« Er dachte einen Moment nach, dann kicherte er. »Riley Park. Du kannst ihr bis zu mir folgen. Aber nach vierundzwanzig Stunden haue ich ab.«

»Ich hole Diego und komme nach.«

»Viel Glück, Bree.«

»Danke, Fred! Dir auch viel Glück. Bis später!« Ich rannte bereits.

»Hoffentlich«, hörte ich ihn hinter mir sagen.

Ich lief dem Geruch der anderen hinterher und flog schneller dahin als je zuvor. Ich hatte Glück; aus irgendeinem Grund hatten sie offenbar eine Pause eingelegt – wahrscheinlich, damit Riley sie anschreien konnte –, und ich holte sie eher ein als erwartet. Oder vielleicht hatte Riley sich an Fred erinnert und angehalten, um auf uns zu warten. Als ich sie erreichte, liefen sie jedenfalls mit gleichmäßiger Geschwindigkeit, halbwegs diszipliniert, so wie letzte Nacht. Ich versuchte mich unauffällig unter die Gruppe zu mischen, aber ich sah, wie Riley einmal den Kopf wandte und den Blick über diejenigen schweifen ließ, die hinten liefen. Seine Augen fixierten mich, dann rannte er schneller. Nahm er an, dass Fred bei mir war? Riley würde Fred nie wiedersehen.

Nur fünf Minuten später veränderte sich alles.

Raoul nahm die Witterung auf. Mit einem wilden Knurren war er verschwunden. Riley hatte uns derart aufgestachelt, dass nur ein winzig kleiner Funke nötig war, um eine Explosion auszulösen. Die anderen in Raouls Nähe hatten den Geruch ebenfalls wahrgenommen und dann rasteten alle aus. Rileys Gerede von diesem Menschenmädchen hatte den Rest seiner Anweisungen überdeckt. Wir waren Jäger, keine Armee. Es gab kein Team. Dies war ein Wettlauf um Blut.

Obwohl ich wusste, dass Rileys Geschichte eine Menge Lügen enthielt, reagierte ich wie alle anderen auf den Geruch. Da ich in der Gruppe mitlief, konnte ich ihm nicht ausweichen. Frisch. Kräftig. Das Mädchen war erst vor kurzem hier gewesen und sie roch so süß. Ich war von all dem Blut, das wir vergangene Nacht getrunken hatten, zwar gestärkt, aber das änderte nichts. Ich hatte Durst. Meine Kehle brannte.

Ich rannte hinter den anderen her und versuchte einen klaren Kopf zu behalten. Das Einzige, was ich tun konnte, war, ein bisschen zurückzubleiben. Riley war mir am nächsten. Blieb er etwa auch zurück?

Er brüllte Befehle, wiederholte eigentlich immer das Gleiche. »Kristie, bieg ab! Außenrum! Trennt euch! Kristie, Jen! *Ab mit euch!*« Man konnte zusehen, wie sein ganzer schöner Plan mit dem Angriff von zwei Seiten in sich zusammenbrach.

Riley raste nach vorn zur Hauptgruppe und packte Sara an der Schulter. Sie fauchte ihn an, als er sie nach links schleuderte. »Außenrum!«, schrie er. Er schnappte sich den blonden Jungen, dessen Namen ich immer noch nicht kannte, und schubste ihn in Sara, die ganz offensichtlich nicht glücklich darüber war. Kristie konnte sich lang genug von ihrem Jagdinstinkt frei machen, um zu erkennen, dass sie eigentlich strategisch vorrücken sollte. Sie schickte Raoul einen bösen Blick hinterher und schrie dann ihr Team an.

»Hier lang! Schneller! Wir überholen sie hier rum und erwischen das Mädchen als Erste! Auf geht's!«

»Ich bilde mit Raoul die Speerspitze!«, rief Riley ihr zu, als er sich abwandte.

Ich zögerte. Ich wollte nicht Teil irgendeiner »Speerspitze« sein, aber Kristies Team schien mir auch keine Alternative. Dort gingen sie bereits aufeinander los. Sara hatte den blonden Jungen im Schwitzkasten. Das Geräusch seines abreißenden Kopfes nahm mir die Entscheidung ab. Ich rannte hinter Riley her, während ich mich fragte, ob Sara sich die Zeit nehmen würde, den Jungen, der so gerne Spider-Man spielte, zu verbrennen.

Ich holte weit genug auf, um Riley vor mir zu sehen, und folgte mit einem gewissen Abstand, bis er Raouls Team erreicht hatte. Der Duft machte es mir schwer, meinen Verstand auf die wichtigen Dinge zu richten.

»Raoul!«, brüllte Riley.

Raoul grunzte, ohne sich umzudrehen. Der süße Geruch nahm seine gesamte Aufmerksamkeit in Anspruch.

»Ich muss Kristie helfen! Ich treffe euch dort! Konzentriert euch!«

Von Zweifeln gelähmt, blieb ich unvermittelt stehen.

Raoul lief weiter, er zeigte keinerlei Reaktion auf Rileys Worte. Riley verlangsamte sein Tempo, bis er nur noch locker trabte, dann ging er. Ich hätte verschwinden sollen, aber wahrscheinlich hätte er gehört, wie ich versuchte, mich zu verstecken. Er drehte sich mit einem Lächeln auf den Lippen um und entdeckte mich.

»Bree. Ich dachte, du wärst bei Kristie.«

Ich antwortete nicht.

»Ich habe gehört, dass jemand verletzt wurde – Kristie braucht mich jetzt mehr als Raoul«, erklärte er schnell. »Lässt du … uns allein?«

Rileys Miene veränderte sich. Es war, als könnte ich an seinen Gesichtszügen ablesen, wie er seine Taktik änderte. Seine Augen weiteten sich plötzlich voller Unruhe.

»Ich mache mir Sorgen, Bree. *Sie* wollte uns hier treffen, uns helfen, aber ich habe ihre Spur nirgends entdecken können. Irgendetwas stimmt da nicht. Ich muss sie finden.«

»Aber du wirst sie auf keinen Fall finden, bevor Raoul auf die Gelbaugen trifft«, erklärte ich.

»Ich muss rauskriegen, was los ist.« Er klang ehrlich verzweifelt. »Ich brauche sie. Es war nicht geplant, dass ich das hier allein durchziehe!«

»Aber die anderen …«

»Bree, ich muss sie finden! Sofort! Ihr seid genug, um die Gelbaugen zu überwältigen. Ich komme zurück, so schnell ich kann.«

Er klang so aufrichtig. Ich zögerte, warf einen Blick dahin zurück, woher wir gekommen waren. Fred würde inzwischen beinahe in Vancouver sein. Riley hatte noch nicht mal nach ihm gefragt. Vielleicht wirkte Freds Talent immer noch.

»Diego ist da vorn, Bree«, sagte Riley eindringlich. »Er ist Teil der Vorhut. Hast du seine Spur nicht wahrgenommen? Warst du noch nicht nah genug?«

Ich schüttelte den Kopf, vollkommen verwirrt. »Diego war hier?«

»Er ist jetzt bei Raoul. Wenn du dich beeilst, kannst du ihm helfen, lebend da rauszukommen.«

Wir starrten uns einen langen Augenblick an, dann sah ich Richtung Süden, dorthin, wo Raoul verschwunden war.

»Braves Mädchen«, sagte Riley. »Ich werde *sie* finden und wir kommen zurück, um beim Aufräumen zu helfen. Ihr Kids werdet das spielend schaffen! Vielleicht ist es schon vorbei, wenn du hinkommst!«

Er schlug die Richtung quer zu unserem ursprünglichen Weg ein. Ich biss die Zähne zusammen, als mir auffiel, wie genau er wusste, wo er hinmusste. Er log bis zum bitteren Ende.

Aber ich hatte nicht das Gefühl, eine Wahl zu haben. Ich rannte erneut mit Volldampf Richtung Süden. Ich musste Diego finden. Ihn da wegzerren, wenn es nötig war. Wir könnten Fred einholen. Oder allein abhauen. Wir mussten verschwinden. Ich würde Diego sagen, wie Riley uns angelogen hatte. Dass Riley nie vorgehabt hatte, uns zu helfen, die Schlacht zu schlagen, die er angezettelt hatte. Es gab keinen Grund mehr, sich ihm gegenüber loyal zu verhalten.

Ich stieß auf den Geruch des Mädchens und dann auf Raouls. Diegos fand ich nicht. War ich zu schnell? Oder überdeckte der Menschengeruch einfach alles andere? Ein Großteil meines Verstands war von dieser eigenartigen Jagd in Anspruch genommen, die jeglicher Strategie zuwiderlief – sicher, wir würden das Mädchen finden, aber wären wir in der Lage, gemeinsam zu kämpfen, wenn es so weit war? Nein, wir würden uns gegenseitig zerfleischen, um an sie ranzukommen.

Und dann hörte ich, wie weiter vorn das Knurren und Schreien und Kreischen losging, und ich wusste, der Kampf hatte bereits begonnen und ich kam zu spät, um vor Diego dort zu sein. Ich rannte nur noch schneller. Vielleicht konnte ich ihn trotzdem noch retten.

Ich roch den Rauch – den süßen, schweren Geruch brennender Vampire –, den der Wind zu mir herübertrug. Der Kampfeslärm wurde lauter. Vielleicht war es fast zu Ende. Würde ich auf unseren siegreichen Clan treffen und auf Diego, der auf mich wartete?

Ich stürmte durch eine dichte Rauchwolke und stand plötzlich außerhalb des Waldes auf einer riesigen Wiese. Ich sprang über einen Stein, nur um im selben Moment, als ich darüberflog, festzustellen, dass es ein kopfloser Rumpf war.

Meine Augen suchten die Wiese ab. Überall lagen Körperteile von Vampiren verstreut und ein riesiges Feuer sandte purpurroten Rauch in den sonnigen Himmel hinauf. Durch die flimmernden Schwaden hindurch sah ich funkelnde, glitzernde Körper herumflitzen und kämpfen, während das Geräusch von Vampiren, die zerrissen wurden, fortdauerte.

Ich hielt nur nach einer Sache Ausschau: nach Diegos schwarzen Locken. Niemand, den ich sehen konnte, hatte so dunkle Haare. Da war ein riesiger Vampir mit braunen, fast schwarzen Haaren, aber er war zu groß, und als ich genauer hinsah, erkannte ich, dass er gerade Kevin den Kopf abriss und ihn ins Feuer warf, bevor er jemand anderem auf den Rücken sprang. War das Jen? Da war noch einer mit glatten schwarzen Haaren, der zu klein war, um Diego zu sein. Er bewegte sich so schnell, dass ich nicht erkennen konnte, ob es ein Junge oder ein Mädchen war.

Ich ließ meinen Blick erneut über die Wiese schweifen und fühlte mich furchtbar ungeschützt. Ich versuchte, die Gesichter zu erkennen. Hier waren nicht annähernd genug Vampire, selbst wenn man die mitzählte, die am Boden lagen. Ich sah keinen aus Kristies Gruppe. Eine Menge Vampire mussten bereits verbrannt sein. Die meisten, die noch standen, waren Fremde. Ein blonder Vampir sah zu mir herüber, begegnete meinem Blick, und seine Augen blitzten im Sonnenlicht golden auf.

Wir waren dabei zu verlieren. Schlecht.

Ich zog mich in Richtung der Bäume zurück, bewegte mich aber nicht schnell genug, weil ich immer noch nach Diego Ausschau hielt. Er war nicht hier. Es gab keine Anzeichen dafür, dass er je hier gewesen war. Keine Spur seines Geruchs, obwohl ich den Geruch der meisten Leute aus Raouls Team und vieler Fremder ausmachen konnte.

Ich zwang mich auch, die abgerissenen Körperteile anzusehen. Keiner davon gehörte Diego. Ich hätte sogar einen Finger von ihm wiedererkannt.

Ich drehte mich um und rannte jetzt auf die Bäume zu, plötzlich überzeugt davon, dass Diegos angebliche Anwesenheit hier nur eine weitere von Rileys Lügen gewesen war.

Und wenn Diego nicht hier war, musste er bereits tot sein. Diese Erkenntnis kam fast augenblicklich und mir wurde bewusst, dass ich die Wahrheit wahrscheinlich schon seit einer ganzen Weile geahnt hatte. Seit dem Augenblick, als Diego nicht hinter Riley durch die Kellertür gekommen war. Da musste er schon tot gewesen sein.

Ich hatte es ungefähr einen Meter weit in den Wald geschafft, als mich etwas mit der Wucht einer Abrissbirne in den Rücken traf und zu Boden warf. Jemand legte mir einen Arm unters Kinn.

»Bitte!«, schluchzte ich. Und meinte damit: *Bitte töte mich schnell.*

Der Arm zögerte. Ich wehrte mich nicht, obwohl mein Instinkt mich dazu drängte, zu beißen, zu krallen und meinen Feind zu zerreißen. Der vernünftigere Teil in mir wusste, dass das nichts nützen würde. Riley hatte uns auch über diese angeblich schwachen, älteren Vampire angelogen, und wir hatten nie auch nur den Hauch einer Chance gehabt. Aber selbst, wenn es eine Möglichkeit gegeben hätte, diesen hier zu besiegen, wäre ich nicht in der

Lage gewesen, mich zu rühren. Diego war tot, und diese unverrückbare Tatsache ließ jeglichen Kampfgeist in mir absterben.

Plötzlich flog ich durch die Luft. Ich donnerte gegen einen Baum und sackte auf dem Boden zusammen. Ich hätte versuchen sollen wegzurennen, aber Diego war tot. Davor konnte ich nicht wegrennen.

Der blonde Vampir von der Lichtung sah mich aufmerksam an, sein Körper bereit zum Sprung. Er sah sehr fähig aus und viel erfahrener als Riley. Aber er stürzte sich nicht auf mich. Er war nicht wahnsinnig wie Raoul oder Kristie. Er hatte sich vollkommen unter Kontrolle.

»Bitte«, sagte ich erneut und wollte es hinter mich bringen. »Ich will nicht kämpfen.«

Obwohl er weiterhin wachsam blieb, veränderte sich sein Gesichtsausdruck. Er sah mich auf eine Art an, die ich nicht richtig deuten konnte. Seine Miene hatte etwas Wissendes an sich und noch etwas. Mitgefühl? Zumindest Mitleid.

»Ich auch nicht, mein Kind«, sagte er mit ruhiger, freundlicher Stimme. »Wir verteidigen uns nur.«

In seinen komischen gelben Augen lag so viel Aufrichtigkeit, dass ich mich fragte, wie ich jemals einer von Rileys Geschichten hatte Glauben schenken können. Ich fühlte mich … schuldig. Vielleicht hatte dieser Zirkel nie vorgehabt, uns anzugreifen. Wie konnte ich noch irgendetwas von dem, was man mir gesagt hatte, glauben?

»Das wussten wir nicht«, erklärte ich beschämt. »Riley hat gelogen. Es tut mir leid.«

Er lauschte einen Moment und mir fiel auf, dass auf dem Schlachtfeld Ruhe herrschte. Es war vorbei.

Wenn ich noch den geringsten Zweifel gehabt hatte, wer die Sieger waren, verschwand dieser, als einen Augenblick später ein weiblicher Vampir mit gewellten braunen Haaren und gelben Augen an seine Seite eilte.

»Carlisle?«, fragte sie besorgt und starrte mich an.

»Sie will nicht kämpfen«, erklärte er ihr.

Die Frau berührte ihn sanft am Arm. Er war immer noch mit angespannten Muskeln zum Sprung bereit. »Sie scheint große Angst zu haben, Carlisle. Könnten wir nicht …«

Der Blonde, Carlisle, warf ihr einen Blick zu, dann richtete er sich etwas auf, obwohl ich sehen konnte, dass er immer noch auf der Hut war.

»Wir wollen dir nichts tun«, sagte die Frau zu mir. Sie hatte eine sanfte, beruhigende Stimme. »Wir wollten gegen keinen von euch kämpfen.«

»Es tut mir leid«, flüsterte ich erneut.

In meinem Kopf war ein einziges Durcheinander. Diego war tot und diese Tatsache schien mich fast zu erdrücken. Außerdem war der Kampf zu Ende, mein Clan hatte verloren und meine Feinde waren die Sieger. Aber in meinem toten Clan hatte es von Leuten gewimmelt, die mich am liebsten hätten brennen sehen, und meine Feinde sprachen freundlich mit mir, obwohl sie keinen Grund dazu hatten. Überdies fühlte ich mich bei diesen beiden Fremden sicherer, als ich mich je in Raouls oder Kristies Gegenwart gefühlt hatte. Ich war *erleichtert*, dass Raoul und Kristie tot waren. Es war alles so verwirrend.

»Mädchen«, sagte Carlisle, »ergibst du dich? Wenn du nicht versuchst, uns etwas zu tun, versprechen wir, dass wir dir auch nichts tun werden.«

Und ich glaubte ihm.

»Ja«, flüsterte ich. »Ja, ich ergebe mich. Ich will niemandem wehtun.«

Er streckte auffordernd die Hand aus. »Komm mit, Kind. Ich muss mich einen Augenblick mit meiner Familie besprechen und dann werden wir einige Fragen an dich haben. Wenn du aufrichtig antwortest, hast du nichts zu befürchten.«

Ich stand langsam auf, machte keine Bewegung, die man für bedrohlich halten könnte.

»Carlisle?«, rief eine Männerstimme.

Und dann gesellte sich ein weiterer gelbäugiger Vampir zu uns. Jegliches Gefühl von Sicherheit, das ich bei den anderen beiden verspürt hatte, verschwand, sobald ich ihn sah.

Er war blond wie der Erste, aber größer und schlanker. Seine Haut war überall von Narben bedeckt, die an seinem Hals und Kiefer besonders dicht nebeneinanderlagen. Einige kleinere Male auf seinem Arm waren frisch, aber der

Rest stammte nicht von der heutigen Auseinandersetzung. Er hatte mehr Kämpfe geführt, als ich mir vorstellen konnte, und er hatte nie verloren. Seine dunkelgelben Augen glänzten und seine Haltung strahlte die nur mühsam zurückgedrängte Gewalt eines wütenden Löwen aus.

Sobald er mich erblickte, setzte er zum Sprung an.

»Jasper!«, rief Carlisle warnend.

Jasper hielt abrupt inne und betrachtete Carlisle mit großen Augen. »Was ist hier los?«

»Sie will nicht kämpfen. Sie hat sich ergeben.«

Die Miene des narbenübersäten Vampirs verdüsterte sich und plötzlich spürte ich unerwartete Enttäuschung in mir aufsteigen, obwohl ich keine Ahnung hatte, worüber ich enttäuscht war.

»Carlisle, ich ...« Er zögerte, dann fuhr er fort: »Tut mir leid, aber das ist unmöglich. Wir können nicht zulassen, dass man einen dieser Neugeborenen mit uns in Verbindung bringt, wenn die Volturi kommen. Ist dir klar, in welcher Gefahr wir dann schweben?«

Ich verstand nicht genau, was er meinte, aber ich begriff genug. Er wollte mich töten.

»Jasper, sie ist doch noch ein Kind«, protestierte die Frau. »Wir können sie nicht einfach kaltblütig umbringen!«

Es war seltsam, sie reden zu hören, als wären wir Menschen, als wäre Mord etwas Schlechtes. Etwas, das zu vermeiden war.

»Unsere Familie ist in Gefahr, Esme. Wir können uns nicht erlauben, dass sie glauben, wir hätten diese Regel gebrochen.«

Die Frau, Esme, ging zwischen mir und dem, der mich umbringen wollte, hin und her. Unverständlicherweise kehrte sie mir den Rücken zu.

»Nein. Das kann ich nicht zulassen.«

Carlisle warf mir einen besorgten Blick zu. Ich konnte sehen, dass ihm diese Frau sehr wichtig war. Ich hätte jeden, der hinter Diegos Rücken stand, genau so angesehen und versuchte so lammfromm zu wirken, wie ich mich fühlte.

»Jasper, ich glaube, wir müssen es darauf ankommen lassen«, sagte er langsam. »Wir sind nicht die Volturi. Wir befolgen ihre Regeln, aber wir nehmen niemandem leichtfertig das Leben. Wir werden es ihnen erklären.«

»Sie könnten glauben, wir hätten unsere eigenen Neugeborenen erschaffen, um uns zu verteidigen.«

»Aber das haben wir nicht. Und selbst wenn, hier bei uns ist es zu keiner Unvorsichtigkeit gekommen, nur in Seattle. Es gibt kein Gesetz, das es verbietet, Vampire zu erschaffen, wenn man sie unter Kontrolle hält.«

»Es ist zu gefährlich.«

Carlisle berührte Jasper sanft an der Schulter. »Jasper. Wir können dieses Mädchen nicht töten.«

Jasper funkelte den Mann mit den freundlichen Augen an und ich merkte, wie Wut in mir aufflackerte. Diesen beiden netten Vampiren würde er doch sicher nichts tun.

Dann seufzte Jasper und ich wusste, es war in Ordnung. Meine Wut verrauchte.

»Mir gefällt das nicht«, sagte er, ruhiger jetzt. »Lasst wenigstens mich auf sie aufpassen. Ihr zwei wisst nicht, wie man mit jemandem umgeht, der so lange unkontrolliert herumgelaufen ist.«

»Natürlich, Jasper«, sagte die Frau. »Aber sei nett zu ihr.«

Jasper verdrehte die Augen. »Wir müssen zu den anderen. Alice hat gesagt, wir hätten nicht mehr viel Zeit.«

Carlisle nickte. Er hielt Esme seine ausgestreckte Hand hin und sie gingen an Jasper vorbei zurück auf die Lichtung.

»Du da«, sagte Jasper zu mir, sein Blick erneut finster. »Komm mit. Und keine unbedachte Bewegung, sonst bring ich dich doch noch um.«

Ich wurde sofort wieder wütend, als er mich anfunkelte, und ein kleiner Teil von mir wollte knurren und die Zähne fletschen, aber ich hatte das Gefühl, dass er nur auf diese Art Vorwand wartete.

Jasper hielt inne, als wäre ihm gerade etwas eingefallen. »Mach die Augen zu«, befahl er.

Ich zögerte. Hatte er doch noch beschlossen, mich zu töten?

»Auf geht's!«

Ich biss die Zähne zusammen und schloss die Augen. Ich fühlte mich doppelt so hilflos wie vorher.

»Folge meiner Stimme und mach die Augen nicht auf. Sobald du blinzelst, bist du geliefert, klar?«

Ich nickte und fragte mich, was ich nicht sehen sollte. Ich war fast erleichtert, dass er sich die Mühe machte, ein Geheimnis vor mir zu verbergen. Das wäre nicht nötig gewesen, wenn er mich einfach hätte umbringen wollen.

»Hier lang.«

Ich ging langsam hinter ihm her, immer darauf bedacht, ihm keinen Vorwand zu liefern. Er war immerhin so rücksichtsvoll, dass er mich nicht gegen Bäume rennen ließ. Ich konnte hören, wie sich die Geräusche veränderten, als wir auf die Lichtung kamen; auch der Wind fühlte sich anders an und der Geruch der brennenden Vampire wurde stärker. Ich konnte die Wärme der Sonne auf meinem Gesicht spüren und hinter meinen Augenlidern wurde es heller, als ich zu funkeln begann.

Er führte mich immer näher an das gedämpfte Knistern der Flammen heran, so nah, dass ich den Rauch über meine Haut streichen spürte. Ich wusste, dass er mich sowieso jederzeit hätte töten können, aber trotzdem machte mich die Nähe des Feuers nervös.

»Setz dich hierhin. Augen zu.«

Der Boden war warm von der Sonne und dem Feuer. Ich saß ganz still und versuchte mich darauf zu konzentrieren, harmlos auszusehen, aber ich konnte spüren, wie er mich anstarrte, und das ärgerte mich. Obwohl ich keinen Grund hatte, auf diese Vampire wütend zu sein, von denen ich wirklich glaubte, dass sie sich nur selbst verteidigt hatten, verspürte ich einen eigenartigen Anflug von Zorn. Er lag beinahe außerhalb meiner selbst, als wäre es ein Überrest der Schlacht, die gerade stattgefunden hatte.

Der Zorn ließ mich aber nicht unvorsichtig werden, weil ich zu traurig war – todunglücklich. Ich musste immerzu an Diego denken und ich konnte nicht umhin mir vorzustellen, wie er gestorben war.

Ich war sicher, dass er Riley auf keinen Fall freiwillig unsere Geheimnisse verraten hatte – Geheimnisse, die mich dazu gebracht hatten, Riley so lange zu vertrauen, bis es zu spät war. In meinem Kopf sah ich wieder Rileys Gesicht vor mir – diese kalte, glatte Miene, die er aufgesetzt hatte, als er gedroht hatte, jeden von uns zu bestrafen, der sich nicht benahm. Ich hörte erneut seine makabre und ungewöhnlich detaillierte Beschreibung – *wenn ich euch zu ihr bringe und euch festhalte, während sie euch die Beine ausreißt und dann langsam, ganz langsam eure Finger, Ohren, Lippen, eure Zunge und alle anderen überflüssigen Körperteile einen nach dem anderen verbrennt.*

Jetzt wurde mir klar, dass das die Beschreibung von Diegos Tod gewesen war.

In jener Nacht war ich mir sicher gewesen, dass sich irgendetwas an Riley verändert hatte. Der Mord an Diego hatte Riley verändert, hatte ihn härter gemacht. Nur eins der Dinge, die Riley mir je gesagt hatte, glaubte ich noch:

Er hatte Diego höher geschätzt als alle anderen von uns. Hatte ihn sogar gemocht. Und trotzdem hatte er unserer Schöpferin dabei zugesehen, wie sie ihm wehtat. Zweifellos hatte er ihr geholfen. Er hatte Diego mit ihr zusammen umgebracht.

Ich fragte mich, wie viel Schmerz nötig gewesen wäre, damit ich Diego verraten hätte. Eine ganze Menge, nahm ich an. Und ich war sicher, dass es mindestens genauso viel gebraucht hatte, damit Diego mich verriet.

Mir war schlecht. Ich wollte die Vorstellung von Diego, der Todesqualen litt, aus meinem Kopf verbannen, aber ich wurde sie nicht los.

Und dann schrie jemand auf der Wiese.

Meine Augenlider flatterten, aber Jasper knurrte grimmig und ich presste sie sofort wieder zusammen. Ich hatte nichts gesehen außer dichtem, lavendelfarbenem Rauch.

Ich hörte Rufe und ein eigenartiges, wildes Geheul. Es war laut und vielstimmig. Ich konnte mir nicht vorstellen, wie sich ein Gesicht verzerren musste, wenn man so ein Geräusch hervorbringen wollte, und mein Unverständnis ließ den Klang nur noch furchterregender erscheinen. Diese gelbäugigen Vampire waren so anders als wir. Oder anders als *ich*, besser gesagt, weil außer mir keiner mehr übrig war. Riley und unsere Schöpferin waren inzwischen längst über alle Berge.

Ich hörte, wie Namen gerufen wurden: *Jacob*, *Leah*, *Sam*. Es waren viele verschiedene Stimmen, und das Heulen hielt die ganze Zeit über an. Natürlich hatte uns Riley auch belogen, was die Anzahl der Vampire hier anging.

Das Geheul verklang, bis nur noch eine Stimme übrig war, ein gequältes, unmenschliches Jaulen, das mich die Zähne zusammenbeißen ließ. Ich sah Diegos Gesicht so deutlich vor mir und das Heulen klang wie sein Geschrei.

Ich hörte, wie Carlisle über die anderen Stimmen und das Heulen hinweg sprach. Er bat darum, sich etwas ansehen zu dürfen. »Bitte lasst mich mal gucken. Bitte lasst mich helfen.« Ich hörte nicht, dass ihm jemand widersprach, aber aus irgendeinem Grund klang sein Tonfall fast resigniert.

Und dann erreichte das Jaulen eine neue durchdringende Intensität und plötzlich sagte Carlisle aus tiefstem Herzen: »Danke«, und außer dem Jaulen war das Geräusch vieler sich bewegender Körper zu vernehmen. Viele schwere Schritte, die näher kamen.

Ich lauschte aufmerksamer und vernahm etwas Unerwartetes und völlig Unmögliches. Heftiges Atmen – und ich hatte niemanden in meinem Clan je so atmen hören – und Dutzende pochender Geräusche. Beinahe wie … Herzklopfen. Aber ganz sicher keine menschlichen Herzen. Dieses spezielle Geräusch kannte ich gut. Ich schnüffelte angestrengt, aber der Wind wehte aus der anderen Richtung und ich konnte nur den Rauch riechen.

Ohne Vorwarnung berührte mich etwas, umfasste fest beide Seiten meines Kopfs.

Meine Augen klappten panisch auf, als ich mich ruckartig aufrichtete, um mich aus diesem Griff zu befreien, und begegneten augenblicklich Jaspers warnendem Blick ungefähr fünf Zentimeter von meinem Gesicht entfernt.

»Lass das«, fuhr er mich an und drückte mich wieder auf den Boden. Ich konnte ihn gerade so verstehen und mir wurde bewusst, dass er mir mit den Händen die Ohren zuhielt.

»Mach die Augen zu«, befahl er erneut, wahrscheinlich in normaler Lautstärke, aber für mich klang es gedämpft.

Ich gab mir große Mühe, mich zu beruhigen, und schloss die Augen wieder. Es gab also auch Dinge, die ich nicht hören sollte. Damit konnte ich leben – wenn es bedeutete, *dass* ich leben würde.

Einen Augenblick sah ich Freds Gesicht vor mir. Er hatte gesagt, er würde einen Tag auf mich warten. Ich fragte mich, ob er sein Wort halten würde. Ich wünschte, ich könnte ihm die Wahrheit über die Gelbaugen erzählen, und auch, wie viel mehr es zu geben schien, das wir nicht wussten. Diese ganze Welt, über die wir in Wirklichkeit nicht das Geringste wussten.

Es wäre interessant, diese Welt zu erforschen. Erst recht mit jemandem, der mich unsichtbar machen und mir Schutz bieten konnte.

Aber Diego war tot. Er würde nicht mit mir zu Fred kommen. Das machte den Gedanken an die Zukunft deutlich weniger verlockend.

Ich konnte immer noch ein bisschen davon hören, was vor sich ging, aber nur das Geheul und einige Stimmen. Was immer diese eigenartigen pochenden Geräusche gewesen waren, sie waren jetzt zu gedämpft für mich.

Aber als Carlisle ein paar Minuten später sprach, konnte ich die Worte verstehen: »Ihr müsst jetzt …« Seine Stimme war einen Augenblick zu leise, und dann: »… von hier. Wenn wir euch helfen könnten, würden wir das tun, aber wir können hier nicht weg.«

Ein Knurren war zu hören, aber eigenartigerweise schien es nicht im Geringsten bedrohlich zu sein. Das Heulen wurde zu einem leisen Wimmern, das langsam verschwand, als würde es sich von mir wegbewegen.

Eine Weile war es still. Ich hörte einige leise Stimmen, darunter Carlisle und Esme, aber auch einige, die ich nicht kannte. Ich wünschte, ich könnte etwas riechen – nichts zu sehen und außerdem kaum etwas zu hören, führte dazu, dass ich mich nach irgendeiner Sinneswahrnehmung sehnte. Aber alles, was ich riechen konnte, war dieser schreckliche süße Rauch.

Eine Stimme klang höher und klarer als die anderen, weshalb ich sie besser verstehen konnte.

»Noch fünf Minuten«, hörte ich die Stimme sagen, wem immer sie gehörte. Auf jeden Fall war es ein Mädchen, das da sprach. »Und Bella wird in siebenunddreißig Sekunden die Augen aufschlagen. Ich bin mir sicher, dass sie uns jetzt hören kann.«

Ich versuchte, daraus schlau zu werden. Wurde noch jemand anders gezwungen, die Augen zuzuhalten, so wie ich? Oder glaubte sie, ich hieße Bella? Ich hatte niemandem gesagt, wie ich hieß. Ich versuchte erneut angestrengt, wenigstens *irgendetwas* zu riechen.

Mehr Gemurmel. Ich fand, dass sich eine Stimme irgendwie anders anhörte – sie klang überhaupt nicht melodiös. Aber ich war mir nicht sicher, solange Jaspers Hände so fest auf meinen Ohren lagen.

»Drei Minuten«, sagte die hohe, klare Stimme.

Jaspers Hände ließen meinen Kopf los.

»Jetzt machst du besser die Augen auf«, sagte er aus ein paar Schritten Entfernung zu mir. Die Art, wie er das sagte, machte mir Angst. Ich sah mich schnell um auf der Suche nach der Gefahr, auf die sein Tonfall hindeutete.

Ein großer Teil meines Sichtfelds wurde von dem dunklen Rauch verdeckt. Ganz in der Nähe stand Jasper und runzelte die Stirn. Er hatte die Zähne zusammengebissen und sah mich mit einem beinahe … ängstlichen Ausdruck an. Nicht so, als hätte er Angst vor mir, aber als hätte er Angst *wegen* mir. Mir fiel wieder ein, was er vorhin gesagt hatte, dass ich sie bei etwas, das Volturi hieß, in Gefahr brachte. Was wohl ein Volturi war? Ich konnte mir nicht vorstellen, wovor dieser narbenübersäte gefährliche Vampir Angst haben sollte.

Hinter Jasper standen vier Vampire mit dem Rücken zu mir in einer lockeren Reihe nebeneinander. Eine war

Esme. Neben ihr standen eine große blonde Frau, ein kleines schwarzhaariges Mädchen und ein dunkelhaariger männlicher Vampir, der so groß war, dass allein sein Anblick Angst einflößte – es war der, den ich Kevin hatte töten sehen. Einen Augenblick stellte ich mir vor, wie dieser Vampir Raoul zu fassen gekriegt hatte. Es war eine erstaunlich erfreuliche Vorstellung.

Hinter dem großen Vampir waren noch drei weitere. Da er mir im Weg stand, konnte ich nicht genau erkennen, was sie dort machten. Carlisle kniete auf dem Boden und neben ihm kniete ein männlicher Vampir mit dunkelroten Haaren. Flach auf der Erde lag eine weitere Gestalt, von der ich jedoch nicht viel sehen konnte außer Jeans und kleinen braunen Stiefeln. Es musste entweder ein weiblicher Vampir oder ein junger männlicher sein. Ich fragte mich, ob sie ihn wohl gerade wieder zusammensetzten.

Also insgesamt acht Gelbaugen und dann noch diese eigenartigen Vampire vorhin, die so geheult hatte, wer auch immer das gewesen sein mochte; es waren mindestens noch acht weitere Stimmen beteiligt gewesen. Also sechzehn, vielleicht sogar mehr. Mehr als doppelt so viele, wie Riley uns angekündigt hatte.

Ich ertappte mich dabei, wie ich inständig hoffte, dass diese unheimlichen Vampire in den dunklen Umhängen Riley einholten und ihn so richtig leiden ließen.

Der Vampir auf dem Boden stand langsam auf – und bewegte sich dabei so unbeholfen, als wäre er ein schwerfälliger Mensch.

Da drehte der Wind und blies den Rauch über mich und Jasper hinweg. Einen Augenblick lang konnte ich außer ihm nichts sehen. Obwohl ich nicht mehr so blind war wie vorhin, war ich plötzlich aus irgendeinem Grund viel besorgter. Es war, als könnte ich die Besorgnis aus dem Vampir neben mir herausströmen spüren.

Im nächsten Moment wehte der leichte Wind erneut aus der anderen Richtung und ich konnte alles sehen und riechen.

Jasper zischte mich wütend an und stieß mich aus der Hocke zurück auf den Boden.

Das war sie – das Menschenmädchen, auf das ich noch vor wenigen Minuten Jagd gemacht hatte. Der Geruch, auf den mein ganzer Jagdinstinkt ausgerichtet war. Der süße, feuchte Duft des köstlichsten Blutes, dem ich je auf der Spur gewesen war. Mein Mund und meine Kehle fühlten sich an, als stünden sie in Flammen.

Ich versuchte mit aller Kraft, vernünftig zu bleiben – mich auf die Tatsache zu konzentrieren, dass Jasper nur darauf wartete, dass ich wieder aufsprang, damit er mich töten könnte –, aber nur ein Teil von mir war dazu in der Lage. Ich hatte das Gefühl, beim Versuch, einfach nur sitzen zu bleiben, gleich in zwei Hälften gerissen zu werden.

Das Mädchen namens Bella starrte mich aus braunen Augen fassungslos an. Sie anzusehen, machte es noch schlimmer. Durch ihre dünne Haut hindurch konnte ich ihr Blut pulsieren sehen. Ich versuchte wegzugucken, aber meine Augen zuckten immer wieder zu ihr zurück.

Der Rotschopf sprach leise mit ihr. »Sie hat sich ergeben. Das habe ich noch nie erlebt. Nur Carlisle würde so ein Angebot machen. Jasper hält nichts davon.«

Das musste Carlisle ihm erklärt haben, während Jasper mir die Ohren zugehalten hatte.

Der Vampir hatte beide Arme um das Mädchen geschlungen und sie hatte beide Hände auf seine Brust gelegt. Ihr Hals war nur Zentimeter von seinem Mund entfernt, aber sie sah so aus, als hätte sie überhaupt keine Angst vor ihm. Und er wirkte nicht so, als wäre er auf der Jagd. Ich hatte mir kaum vorstellen können, dass ein Zirkel sich überhaupt einen Menschen hielt, aber das hier übertraf alle meine Vorstellungen. Wenn sie ein Vampir gewesen wäre, hätte ich angenommen, sie wären zusammen.

»Was hat Jasper?«, flüsterte sie.

»Nichts. Das Gift tut nur weh«, sagte der Vampir.

»Ist er gebissen worden?«, fragte sie und klang entsetzt bei dem Gedanken.

Wer war dieses Mädchen? Warum erlaubten ihr die Vampire, bei ihnen zu sein? Warum hatten sie sie noch nicht getötet? Warum schien sie sich in ihrer Gegenwart so wohlzufühlen, als ob sie ihr gar keine Angst machten? Sie sah aus, als wäre sie ein Teil dieser Welt, und trotzdem begriff sie kaum etwas davon. Natürlich war Jasper gebissen worden. Er hatte gerade meinen gesamten Clan bekämpft – und vernichtet. Wusste dieses Mädchen überhaupt, was wir waren?

Ah, das Brennen in meiner Kehle war unerträglich! Ich versuchte nicht daran zu denken, es mit ihrem Blut zu löschen, aber der Wind wehte mir ihren Geruch direkt ins Gesicht! Es war zu spät, um einen klaren Kopf zu behalten – ich hatte die Beute gerochen, auf die ich Jagd machte, und nichts konnte das jetzt noch ändern.

»Er hat versucht, überall gleichzeitig zu sein«, sagte der Rotschopf. »Er wollte Alice heraushalten.« Kopfschüttelnd sah er das kleine schwarzhaarige Mädchen an. »Als ob Alice Hilfe brauchte.«

Das Vampirmädchen namens Alice warf Jasper einen grimmigen Blick zu. »Er musste mal wieder den Beschützer spielen«, sagte sie mit ihrem hellen Sopran. Jasper begegnete ihrem Blick mit einem halben Lächeln und schien einen Moment zu vergessen, dass es mich gab.

Ich konnte kaum den Drang unterdrücken, seine Unaufmerksamkeit auszunutzen und das Menschenmädchen anzuspringen. Es würde nur einen winzigen Augenblick dauern und dann würde ihr warmes Blut – Blut, das ich in diesem Augenblick durch ihr Herz strömen hörte – das Brennen in meiner Kehle löschen. Sie war so *nah* …

Der Vampir mit den dunkelroten Haaren warf mir einen scharfen warnenden Blick zu, und ich wusste, ich würde sterben, wenn ich auf das Mädchen losging, aber die Qualen in meiner Kehle gaben mir das Gefühl, sterben zu müssen, wenn ich es nicht tat. Es tat so weh, dass ich vor Enttäuschung einen lauten Schrei ausstieß.

Jasper knurrte mich an und ich versuchte mich nicht zu bewegen, aber es fühlte sich so an, als wäre der Geruch ihres Blutes eine riesige Hand, die mich vom Boden hochriss. Ich hatte noch nie versucht, mich vom Trinken abzuhalten, sobald ich mich einmal auf die Jagd eingelassen hatte. Ich krallte meine Hände in die Erde auf der Suche nach etwas, woran ich mich festhalten konnte, aber da war nichts. Jasper kauerte sich vor mich, und auch wenn ich wusste, dass mich nur zwei Sekunden vom Tod trennten, konnte ich meine durstigen Gedanken nicht beherrschen.

Und dann war Carlisle da und legte Jasper die Hand auf den Arm. Er sah mich mit freundlichen, ruhigen Augen an. »Hast du deine Meinung geändert, Mädchen?«, fragte er mich. »Wir möchten dich nicht zerstören, aber wenn du dich nicht beherrschen kannst, werden wir es tun.«

»Wie haltet ihr das aus?«, fragte ich ihn beinahe flehend. Brannte seine Kehle denn nicht auch? »Ich *will* sie.« Ich starrte sie an und wünschte verzweifelt, die Entfernung zwischen uns würde sich auflösen. Meine Finger durchwühlten vergeblich den steinigen Boden.

»Du musst es aushalten«, sagte Carlisle ernst. »Du musst dich in Beherrschung üben. Es geht, und es ist das Einzige, was dich retten kann.«

Wenn die Fähigkeit, den Geruch von Menschen zu

ertragen, so wie diese seltsamen Vampire es taten, meine einzige Hoffnung war, zu überleben, war ich bereits verloren. Ich hielt das Feuer nicht aus. Und ich war mir sowieso nicht sicher, ob ich weiterleben wollte. Ich wollte nicht sterben, ich wollte keine Schmerzen, aber was sollte das überhaupt noch? Alle anderen waren tot. Diego war schon seit Tagen tot.

Sein Name lag mir auf der Zunge. Beinahe hätte ich ihn laut herausgeschrien. Stattdessen hielt ich mir mit beiden Händen den Kopf und versuchte an etwas zu denken, das nicht wehtat. Nicht an das Mädchen und nicht an Diego. Es funktionierte nicht besonders gut.

»Sollen wir nicht lieber von ihr weggehen?«, flüsterte das Menschenmädchen mit rauer Stimme und riss mich aus meinen Gedanken. Mein Blick zuckte erneut zu ihr hin. Ihre Haut war so dünn und zart. Ich konnte den Puls an ihrem Hals sehen.

»Wir müssen hierbleiben«, sagte der Vampir, an den sie sich klammerte. »*Sie* haben gerade das nördliche Ende der Lichtung erreicht.«

Sie? Ich warf einen Blick nach Norden, aber da war nichts außer Rauch. Meinte er Riley und meine Schöpferin? Ich verspürte einen neuen Anfall von Panik, gefolgt von einem kleinen Hoffnungsschimmer. Obwohl es mit Sicherheit unmöglich war, dass sie und Riley gegen diese Vampire ankamen, die so viele von uns getötet hatten. Selbst wenn die, die so geheult hatten, jetzt weg waren, sah schon allein Jasper so aus, als würde er locker mit beiden fertigwerden.

Oder meinte er diesen geheimnisvollen Volturi?

Der Wind trug den Geruch des Mädchens erneut in mein Gesicht, und ich konnte nicht mehr klar denken. Ich starrte sie durstig an.

Das Mädchen erwiderte meinen Blick, aber seine Miene war ganz anders, als sie hätte sein sollen. Obwohl ich die Zähne gefletscht hatte, obwohl ich vor Anstrengung, sie nicht anzuspringen, zitterte, sah sie nicht so aus, als hätte sie Angst vor mir. Stattdessen schien sie fasziniert zu sein. Es sah fast so aus, als wollte sie mit mir sprechen – als hätte sie eine Frage, die ich ihr beantworten sollte.

Dann traten Carlisle und Jasper vom Feuer – und von mir – weg und stellten sich neben die anderen und das Mädchen. Sie sahen alle an mir vorbei in den Rauch, also war das, wovor sie Angst hatten, näher bei mir als bei ihnen. Trotz der nahen Flammen drängte ich mich dichter zum Rauch. Sollte ich wegrennen? Waren sie abgelenkt genug, dass ich entkommen könnte? Wo sollte ich hin? Zu Fred? Alleine los? Riley suchen und ihn für das bezahlen lassen, was er Diego angetan hatte?

Als ich zögerte, wie hypnotisiert von dieser letzten Idee, verstrich die Gelegenheit. Ich hörte ein Geräusch im Norden und wusste, dass ich zwischen den Gelbaugen und dem, was auch immer sich da näherte, gefangen war.

»Hmm«, erklang eine leblose Stimme hinter dem Rauch.

Schon nach dieser einen Silbe wusste ich genau, wer das war, und wenn ich nicht vor blindem Entsetzen völlig erstarrt gewesen wäre, wäre ich jetzt losgerannt.

Es waren die Vampire in den dunklen Umhängen.

Was bedeutete das? Würde jetzt eine neue Schlacht beginnen? Ich wusste, diese unheimlichen Vampire hatten gewollt, dass meine Schöpferin diese Gelbaugen vernichtete. Meine Schöpferin war eindeutig gescheitert. Hieß das, dass sie sie umbringen würden? Oder würden sie stattdessen Carlisle, Esme und die anderen hier umbringen? Wenn ich die Wahl gehabt hätte, wüsste ich, wen ich lieber vernichtet sehen wollte, und es waren nicht die, die mich gefangen genommen hatten.

Die dunklen Umhänge kamen wie von Geisterhand bewegt durch den Rauch auf die Gelbaugen zu. Keiner sah zu mir her. Ich rührte mich nicht. Es waren nur vier, wie beim letzten Mal. Aber es machte keinen Unterschied, dass es sieben Gelbaugen waren. Ich konnte erkennen, dass sie den Vampiren in den dunklen Umhängen gegenüber genauso auf der Hut waren, wie es Riley und meine Schöpferin gewesen waren. Man sah es ihnen nicht an, aber sie hatten etwas an sich, was ich auf jeden Fall *spüren* konnte. Dies waren die Vollstrecker und sie verloren nie.

»Willkommen, Jane«, sagte der Gelbäugige, der das Mädchen im Arm hielt.

Sie kannten sich. Trotzdem war die Stimme des Rotschopfs nicht freundlich – aber sie war auch nicht schwach und schmeichlerisch wie Rileys oder heftig und erschrocken wie die meiner Schöpferin. Seine Stimme war einfach reserviert, förmlich und kontrolliert. Waren die in den dunklen Umhängen also diese Volturi?

Das kleine Vampirmädchen, das die unheimlichen Vampire anführte – Jane offensichtlich –, musterte die sieben Gelbaugen und das Menschenmädchen langsam und wandte ihren Kopf schließlich mir zu. Ich erhaschte zum ersten Mal einen Blick auf sie. Sie war jünger als ich, aber gleichzeitig auch viel älter, nahm ich an. Ihre Augen hatten die samtige Farbe dunkelroter Rosen. Ich wusste, dass es jetzt zu spät war, um unbemerkt zu bleiben, also senkte ich den Kopf und bedeckte ihn mit den Händen. Wenn deutlich wurde, dass ich nicht kämpfen wollte, würde mich Jane vielleicht so behandeln wie Carlisle. Allerdings hatte ich diesbezüglich keine große Hoffnung.

»Ich verstehe nicht.« Janes leblose Stimme verriet eine Spur Ärger.

»Sie hat sich ergeben«, erklärte der Rotschopf.

»Ergeben?«, fuhr sie ihn an.

Ich blickte auf und sah, dass Jane und die drei anderen Blicke wechselten. Der Rotschopf hatte gesagt, er habe noch nie erlebt, dass sich jemand ergeben hätte. Die Volturi vielleicht auch nicht.

»Carlisle ließ ihr die Wahl«, sagte der Rotschopf. Er

schien der Sprecher der Gelbaugen zu sein, obwohl ich den Eindruck hatte, dass Carlisle der Anführer war.

»Es gibt keine Wahl für jene, die gegen die Regeln verstoßen«, sagte Jane jetzt wieder mit lebloser Stimme.

Meine Knochen fühlten sich an wie aus Eis, aber ich verspürte keine Panik mehr. Es schien alles so unausweichlich zu sein.

Carlisle antwortete Jane mit sanfter Stimme: »Das liegt in euren Händen. Als sie bereit war, den Angriff auf uns abzubrechen, sahen wir keine Notwendigkeit, sie zu zerstören. Sie hat es nicht anders gelernt.«

Obwohl seine Worte neutral waren, hatte ich fast das Gefühl, er verteidigte mich. Aber wie er gesagt hatte, lag mein Schicksal nicht in seiner Hand.

»Das ist unerheblich«, bestätigte Jane meinen Gedanken.

»Wie ihr wollt.«

Jane starrte Carlisle mit teils verwirrtem, teils frustriertem Gesichtsausdruck an. Sie schüttelte den Kopf und ihre Miene war erneut undurchdringlich.

»Aro hatte gehofft, dass wir weit genug nach Westen kommen würden, um dich zu sehen, Carlisle«, sagte sie. »Er lässt dich grüßen.«

»Ich wäre dir sehr verbunden, wenn du ihm meine Grüße übermitteln könntest«, erwiderte er.

Jane lächelte. »Natürlich.« Dann sah sie wieder mich an, die Mundwinkel immer noch zu einem leichten Lächeln verzogen. »Es sieht so aus, als hättet ihr heute die Arbeit für uns erledigt … jedenfalls zum größten Teil. Nur aus professioneller Neugier, wie viele waren es? Sie haben in Seattle einigen Schaden angerichtet.«

Sie sprach von Arbeit und von Professionalität. Es stimmte also, dass es ihre Aufgabe war, zu bestrafen. Und wenn es Leute gab, die bestraften, musste es auch Regeln geben. Carlisle hatte vorhin gesagt: *Wir befolgen ihre Regeln*, und außerdem: *Es gibt kein Gesetz, das es verbietet, Vampire zu erschaffen, wenn man sie unter Kontrolle hält.* Riley und meine Schöpferin waren von der Ankunft dieser Volturi eingeschüchtert, aber nicht wirklich überrascht gewesen. Sie kannten die Gesetze und sie wussten, dass sie sie brachen. Warum hatten sie uns das nicht gesagt? Und es gab noch mehr Volturi als nur diese vier. Jemanden namens Aro und wahrscheinlich noch viel mehr. Es mussten eine Menge sein, wenn alle so viel Angst vor ihnen hatten.

Carlisle beantwortete Janes Frage. »Achtzehn, diese hier eingeschlossen.«

Unter den vier Volturi war ein kaum wahrnehmbares Gemurmel zu hören.

»Achtzehn?«, wiederholte Jane mit einer Spur Überraschung in der Stimme. Unsere Schöpferin hatte Jane nicht gesagt, wie viele von uns sie erschaffen hatte. War Jane wirklich überrascht oder tat sie nur so?

»Alle brandneu«, sagte Carlisle. »Sie waren ungezügelt.«

Ungezügelt und uninformiert, dank Riley. Ich bekam langsam ein Gefühl dafür, wie diese älteren Vampire uns sahen. *Neugeborene*, hatte Jasper mich genannt. Wie ein Baby.

»Alle?«, fragte Jane giftig. »Wer hat sie dann erschaffen?«

Als ob sie unsere Schöpferin nicht längst kennengelernt hätte. Diese Jane war eine noch größere Lügnerin als Riley und sie war so viel besser darin als er.

»Sie hieß Victoria«, antwortete der Rotschopf.

Woher wusste er das, wenn noch nicht mal *ich* das wusste? Mir fiel wieder ein, dass Riley gesagt hatte, in dieser Gruppe gebe es einen Gedankenleser. Hatten sie so alles über uns erfahren? Oder war das auch eine von Rileys Lügen gewesen?

»Hieß?«, fragte Jane.

Der Rotschopf machte eine Kopfbewegung in Richtung Osten. Ich blickte auf und sah an der Flanke des Berges eine dichte lila Rauchwolke aufsteigen.

Hieß. Ich verspürte eine ähnliche Freude wie vorhin, als ich mir vorgestellt hatte, wie der große Vampir Raoul zerstückelte. Nur noch viel, viel stärker.

»Diese Victoria«, fragte Jane langsam. »Sie war zusätzlich zu den achtzehn da?«

»Ja«, bestätigte der Rotschopf. »Sie hatte nur einen anderen bei sich. Er war nicht so jung wie dieses Mädchen hier, aber nicht älter als ein Jahr.«

Riley. Meine heftige Freude wurde noch intensiver. Wenn – okay, *sobald* – ich heute starb, würde das wenigstens nicht unerledigt zurückbleiben. Diego war gerächt worden. Ich lächelte beinahe.

»Zwanzig«, stieß Jane hervor. Entweder waren das mehr, als sie erwartet hatte, oder sie war eine sehr gute Schauspielerin. »Wer hat sich die Schöpferin vorgeknöpft?«

»Ich«, sagte der Rotschopf kühl.

Wer immer dieser Vampir war, ob er sich nun einen Menschen hielt oder nicht, er war mein Freund. Selbst wenn er derjenige war, der mich schließlich umbringen würde, ich wäre ihm trotzdem noch dankbar.

Jane wandte sich mit schmalen Augen an mich.

»Du da«, knurrte sie. »Name?«

Wenn es nach ihr ging, war ich sowieso bald tot. Warum sollte ich dieser Lügnerin also noch geben, was sie wollte? Ich sah sie nur böse an.

Jane lächelte mich an, mit dem strahlenden, fröhlichen Lächeln eines unschuldigen Kindes, und plötzlich stand ich in Flammen. Es war, als wäre ich zurück in der schlimmsten Nacht meines Lebens. Durch jede Ader meines Körpers strömte Feuer, bedeckte jedes Fleckchen meiner Haut und grub sich durch das Mark jedes einzelnen Knochens. Es fühlte sich an, als wäre ich unter dem Scheiterhaufen meines Clans begraben, auf allen Seiten von Flammen umgeben. Es gab keine einzige Zelle in meinem Körper, die nicht von den unvorstellbarsten Qualen erfüllt war. Ich konnte mich über die Schmerzen in meinen Ohren hinweg kaum selbst schreien hören.

»Name?«, sagte Jane erneut und als sie sprach, erlosch das Feuer. Es war einfach weg, als hätte ich es mir nur eingebildet.

»Bree«, sagte ich, so schnell ich konnte, immer noch keuchend, obwohl der Schmerz nicht mehr da war.

Jane lächelte erneut und das Feuer war wieder überall. Wie viel Schmerz war nötig, bevor ich daran starb? Die Schreie fühlten sich schon gar nicht mehr so an, als stammten sie von mir. Warum riss mir niemand den Kopf ab? Carlisle war doch nett genug dafür, oder? Oder wer auch immer ihr Gedankenleser war. Verstand er oder sie mich denn nicht und konnte dafür sorgen, dass *diese Schmerzen aufhörten*?

»Sie wird dir alles sagen, was du wissen willst«, knurrte der Rotschopf. »Du kannst dir das sparen.«

Der Schmerz verschwand erneut, als hätte Jane einen Schalter umgelegt. Ich stellte fest, dass ich bäuchlings auf der Erde lag und nach Luft schnappte.

»Ja, ich weiß«, hörte ich Jane fröhlich sagen. »Bree?«

Ich schauderte, als sie meinen Namen aussprach, aber der Schmerz kehrte nicht zurück.

»Stimmt diese Geschichte?«, fragte sie mich. »Wart ihr zwanzig?«

Die Worte flogen aus meinem Mund. »Neunzehn oder

zwanzig, vielleicht auch mehr, ich weiß es nicht! Sara und einer, dessen Namen ich nicht kenne, haben unterwegs miteinander gekämpft …«

Ich wartete auf den Schmerz zur Strafe, dass ich keine bessere Antwort parat hatte, aber stattdessen sprach Jane weiter.

»Und diese Victoria – hat sie dich erschaffen?«

»Ich weiß es nicht«, gab ich ängstlich zu. »Riley hat ihren Namen nie erwähnt. Ich konnte in der Nacht damals nichts sehen … es war so dunkel und es hat wehgetan!« Ich zuckte zusammen. »Wir sollten nicht an sie denken können. Er sagte, unsere Gedanken seien nicht sicher.«

Jane warf dem Rotschopf einen Blick zu, dann sah sie mich wieder an.

»Erzähl mir von Riley«, sagte Jane. »Weshalb hat er euch hierhergeführt?«

So schnell ich konnte, wiederholte ich Rileys Lügen. »Riley hat gesagt, wir sollten die merkwürdigen Wesen mit den gelben Augen töten. Er sagte, es wär ein Kinderspiel. Er sagte, die Stadt gehöre ihnen und sie würden uns angreifen. Er sagte, wenn sie erst beseitigt wären, würde alles Blut uns gehören. Er gab uns ihren Geruch.« Ich wies in die Richtung des Menschenmädchens. »Er sagte, an ihr könnten wir erkennen, dass wir den richtigen Zirkel erwischt hätten, weil sie bei ihnen sein würde. Er sagte, wer sie als Erstes fände, könnte sie haben.«

»Riley scheint die Schwierigkeiten nicht ganz richtig

eingeschätzt zu haben«, sagte Jane mit einer Spur Spott in der Stimme.

Offenbar gefiel Jane meine Geschichte. Schlagartig wurde mir klar, wie erleichtert sie sein musste, dass Riley mir und den anderen nichts von ihrem kleinen Besuch bei Victoria erzählt hatte. Das, was ich erzählte, war die Geschichte, die die Gelbaugen hören sollten – die Geschichte, in die Jane und die Volturi in den dunklen Umhängen nicht verwickelt waren. Nun, das Spiel konnte ich mitspielen. Hoffentlich wusste der Gedankenleser bereits Bescheid.

Ich konnte mich auf keine andere Art an diesem Monster rächen, als den Gelbaugen mit Hilfe meiner Gedanken alles zu sagen. Hoffte ich zumindest.

Ich nickte zustimmend zu Janes kleinem Scherz und setzte mich auf, damit der Gedankenleser, wer immer das war, auf mich aufmerksam wurde. Ich fuhr mit der Version der Geschichte fort, die jedes andere Mitglied meines Clans auch hätte liefern können. Ich tat so, als wäre ich Kevin. Doof wie ein Sack Steine und total unwissend.

»Ich weiß nicht, was passiert ist.« Das stimmte sogar. Das Chaos auf dem Schlachtfeld war mir immer noch ein Rätsel. Ich hatte keinen aus Kristies Gruppe gesehen. Hatten die anderen Vampire sie erwischt, die, die so schrecklich geheult hatten? Dieses Geheimnis der Gelbaugen würde ich bewahren. »Wir haben uns geteilt, aber die anderen sind überhaupt nicht wiederaufgetaucht. Und Riley hat uns auch im Stich gelassen, er ist uns nicht zu Hilfe gekommen, wie er versprochen hatte. Und dann gab es ein großes Durcheinander und alle wurden zerstückelt.« Beim Gedanken an den Rumpf, über den ich gesprungen war, schauderte ich. »Ich hatte Angst. Ich wollte weglaufen.« Ich nickte in Carlisles Richtung. »Der da sagte, sie würden mir nichts tun, wenn ich mich ergebe.«

Damit verriet ich Carlisle nicht. Das hatte er Jane bereits erzählt.

»Tja, es stand ihm aber nicht zu, dir das anzubieten, mein Fräulein«, sagte Jane. Sie klang, als amüsierte sie sich köstlich. »Wer gegen die Regeln verstößt, hat die Folgen zu tragen.«

Ich verhielt mich weiterhin wie Kevin und starrte sie verständnislos an.

Jane sah zu Carlisle hinüber. »Bist du sicher, dass ihr sie alle erwischt habt? Was ist mit der anderen Hälfte?«

Carlisle nickte. »Auch wir haben uns aufgeteilt.«

Also waren es wirklich die anderen gewesen, die Kristie erwischt hatten. Ich hoffte, dass diese geheimnisvollen, fremdartigen Vampire, was immer sie sonst darstellten, wirklich schrecklich furchteinflößend waren. Das hatte Kristie verdient.

»Ich muss zugeben, ich bin beeindruckt«, sagte Jane und klang dabei so ehrlich, als sagte sie die Wahrheit. Jane hatte gehofft, dass Victorias Armee hier einigen Schaden anrichten würde, aber wir waren eindeutig gescheitert.

»Ja«, stimmten die drei Vampire hinter Jane leise zu.

»Ich habe es noch nie erlebt, dass ein Zirkel einen solchen Angriff unversehrt überstanden hat«, fuhr Jane fort. »Könnt ihr euch denken, was dahintersteckte? Es erscheint mir sehr übertrieben, wenn man bedenkt, wie ihr hier lebt. Und warum kam dem Mädchen eine solche Bedeutung zu?« Ihr Blick huschte nur einen Moment zu ihr hinüber.

»Victoria hatte eine Rechnung mit Bella zu begleichen«, sagte der Rotschopf.

Rileys Strategie ergab letzten Endes also doch Sinn. Er war nur auf den Tod des Mädchens aus gewesen und es hatte ihn nicht gekümmert, wie viele von uns dabei umkommen würden.

Jane lachte fröhlich. »Sie scheint merkwürdig starke Reaktionen bei unseresgleichen auszulösen.« Sie lächelte das Menschenmädchen an, so wie sie mich angelächelt hatte.

Dem Mädchen geschah nichts. Vielleicht wollte ihr Jane nicht wehtun. Oder vielleicht funktionierte ihr schreckliches Talent nur bei Vampiren.

»Würdest du das bitte lassen?«, fragte der Rotschopf mit mühsam beherrschter Stimme.

Jane lachte wieder. »Nur ein kleiner Test. Es ist offenbar nichts passiert.«

Ich versuchte weiterhin so dumm wie Kevin zu gucken und mein Interesse nicht zu verraten. Jane konnte dem

Mädchen also nicht so wehtun wie mir und das war offenbar ungewöhnlich. Obwohl Jane darüber lachte, merkte ich, dass es sie wahnsinnig machte. Wurde das Menschenmädchen deshalb von den Gelbaugen akzeptiert? Aber wenn sie auf irgendeine Art etwas Besonderes war, warum verwandelten sie sie dann nicht einfach in einen Vampir?

»Nun denn, es sieht so aus, als wäre hier für uns nicht mehr viel zu tun«, sagte Jane, ihre Stimme wieder vollkommen tonlos. »Eigenartig. Wir sind es nicht gewohnt, überflüssig zu sein. Zu schade, dass wir den Kampf verpasst haben. Es war bestimmt ein unterhaltsames Schauspiel.«

»Ja«, erwiderte der Rotschopf. »Und ihr wart so nah dran. Schade, dass ihr nicht eine halbe Stunde eher gekommen seid. Vielleicht hättet ihr eure Aufgabe dann erfüllen können.«

Ich unterdrückte ein Lächeln. Der Rotschopf war also der Gedankenleser und er hatte alles gehört, was ich ihm mitteilen wollte. Jane kam nicht damit durch.

Jane starrte den Gedankenleser mit ausdrucksloser Miene an. »Ja. Zu dumm, wie es manchmal läuft, nicht wahr?«

Der Gedankenleser nickte und ich fragte mich, was er in Janes Kopf hörte.

Jetzt wandte Jane ihr ausdrucksloses Gesicht wieder mir zu. In ihrem Blick war nichts zu lesen, aber ich spürte, dass meine Zeit ablief. Sie hatte von mir bekommen, was sie wollte. Sie wusste nicht, dass ich auch dem Gedankenleser alles gegeben hatte, was ich konnte. Und außerdem das Geheimnis seines Zirkels bewahrt hatte. Das war ich ihm schuldig. Er hatte Riley und Victoria für mich bestraft.

Ich warf ihm aus den Augenwinkeln einen Blick zu und dachte: *Danke*.

»Felix?«, sagte Jane gelangweilt.

»Warte«, rief der Gedankenleser.

Er wandte sich an Carlisle und sagte schnell: »Wir könnten der Kleinen die Regeln erklären. Sie scheint nicht abgeneigt zu lernen. Sie wusste nicht, was sie tat.«

»Natürlich«, sagte Carlisle eifrig und sah Jane an. »Wir wären selbstverständlich bereit, die Verantwortung für Bree zu übernehmen.«

Jane sah aus, als wäre sie sich nicht sicher, ob das ein Witz sein sollte, und als dächte sie, dass diese Vampire mehr Humor besaßen, als sie ihnen zugetraut hätte.

Ich dagegen war gerührt. Diese Vampire waren Fremde, aber sie brachten sich meinetwegen in Gefahr. Ich wusste zwar bereits, dass es nichts nützen würde, aber trotzdem.

»Bei uns gibt es keine Ausnahmen«, sagte Jane leichthin. »Und niemand bekommt eine zweite Chance. Das würde unserem Ruf schaden.«

Es war, als spräche sie von jemand anderem. Aber auch wenn sie über meinen Tod sprach, machte es mir nichts aus. Ich wusste, dass die Gelbaugen sie nicht davon abhalten konnten. Sie war die Vampirpolizei. Aber auch wenn die Vampirpolizisten hinterhältig waren – so richtig hinterhältig –, wenigstens wussten die Gelbaugen das jetzt.

»Was mich daran erinnert …«, fuhr Jane fort und heftete ihren Blick breit lächelnd wieder auf das Mädchen. »Es wird Caius sehr interessieren, dass du immer noch ein Mensch bist, Bella. Vielleicht schaut er einmal vorbei.«

Immer noch ein Mensch. Das heißt, sie würden das Mädchen verwandeln. Ich fragte mich, worauf sie noch warteten.

»Der Termin steht«, sagte die kleine Schwarzhaarige mit der klaren Stimme. »Vielleicht schauen wir in ein paar Monaten mal bei euch vorbei.«

Janes Lächeln verschwand, als hätte es jemand weggewischt. Sie zuckte die Schultern, ohne das schwarzhaarige Vampirmädchen anzugucken, und ich hatte das Gefühl, egal wie sehr sie diese Bella hasste, die kleine Schwarzhaarige hasste sie zehnmal so sehr.

Jane wandte sich mit derselben ausdruckslosen Miene wie zuvor erneut Carlisle zu. »Es war schön, dich kennenzulernen, Carlisle – ich dachte, Aro übertreibe. Na dann, bis zum nächsten Mal …«

Jetzt war es also so weit. Ich hatte immer noch keine Angst. Es tat mir nur leid, dass ich Fred nicht mehr von alldem erzählen konnte. Er zog jetzt fast vollkommen unwissend in diese Welt voller gefährlicher Politik und hinterhältiger Polizisten und geheimer Zirkel hinaus. Aber

Fred war schlau und vorsichtig und talentiert. Was konnten sie ihm anhaben, wenn sie ihn noch nicht mal sehen konnten? Vielleicht würden die Gelbaugen Fred eines Tages kennenlernen. *Seid bitte nett zu ihm*, dachte ich für den Gedankenleser.

»Erledige du das, Felix«, sagte Jane gleichgültig und wies mit einer Kopfbewegung auf mich. »Ich möchte jetzt nach Hause.«

»Sieh nicht hin«, flüsterte der rothaarige Gedankenleser.

Ich schloss die Augen.

Danksagung

Allen, die dieses Buch möglich gemacht haben, bin ich wie immer zu Dank verpflichtet: meinen Jungs Gabe, Seth und Eli; meinem Mann Pancho; meinen Eltern Stephen und Candy; meinen Freundinnen Jen H., Jen L., Meghan, Nic und Shelly, die mir eine große Stütze sind; meiner Ninja-Agentin Jodi Reamer; meinem »Baffy« Shannon Hale; all meinen Freunden und Ratgebern bei Little, Brown and Company, vor allem David Young, Asya Muchnick, Megan Tingley, Elizabeth Eulberg, Gail Doobinin, Andrew Smith und Tina McIntyre; und, das Beste zum Schluss, meinen Leserinnen und Lesern. Ihr seid das beste Publikum, das man sich vorstellen kann. Danke!